ベトナム戦記

新装版

開　高　　健
写真・秋元啓一

朝日文庫

本書は一九九〇年十月、朝日新聞社より刊行された文庫の新装版です。
（単行本は一九六五年三月刊）

本文中、今日の人権意識の上では差別的ととられかねない語句がありますが、著者が故人であること、また作品の時代背景、文学性などを考慮し、改変はせずに原文のままといたしました。

ある日、一匹のサソリが川へやってきた。川をわたろうと思ったがサソリは泳ぎを知らない。困ってあたりをさがしたら、草むらにカエルが一匹すわっていた。背なかにのせて向う岸へわたしてくれとたのみこんだら、カエルは、あんたはおいらを刺すからイヤだよといってことわった。

「ばかだなあ、おまえ」

サソリは笑った。

「おいらは泳げねえんだからあんたを刺すはずがないじゃないか」

人のよいカエルはそういわれて考えなおし、なるほどそういわれたらそうかも知れないと思い、サソリをのせてやることにした。

川をわたりはじめてまんなかあたりまでいったら、とつぜんサソリがカエルをプツリと刺した。二人ともたちまちおぼれ、死んでしまった。おぼれながらカエルが水のなかから悲しげに叫んだ。

「なんだってこんなことするんだ」

サソリが水のなかから悲しげに叫んだ。

「それが東南アジアなんだよ」

――サイゴンでいちばん流行っている寓話だよといって
東京で一人のアメリカ人の新聞記者がしてくれた話――

ベトナム戦記

目次

日ノ丸をいつもポケットに…

ベトナムのカギ握る？　仏教徒

ベトナム人の〝七つの顔〟

写真提供　朝日新聞社
協力　朝日新聞フォトアーカイブ編集部・松沢竜一
(朝日新聞フォトアーカイブURL
https://photoarchives.asahi.com/)
写真レイアウト　矢萩多聞
地図作成　yデザイン研究所

ベトナム戦記　新装版

北ベトナム
ベン・ハイ河
チェポン
フエ（ユエ）
ダナン
タイ
ラオス
南ベトナム
プレイク
クイニョン
カンボジア
南シナ海
ニャチャン
メコン河
ダラット
ロクニン
ファンラン
プノンペン
ベン・キャット
ベン・ズック
ビエン・ホア
ビン・ジア
ショロン
サイゴン
（ホーチミン）
ミト
ビンロン
キャプ・サン・ジャック
カントー
メコン・デルタ
ソクチャン
カマウ
バク・リュウ
N

日ノ丸をいつもポケットに…

ベトナムの匂いはすべて〝ニョク・マム〟

どの国の都にも忘れられない匂いというものがある。私がおぼえているのはパリなら冬の夜の焼栗屋の火の匂いである。初夏の北京はたそがれどきの合歓木（ねむのき）の匂いでおぼえている。ワルシャワはすれちがった男のウォトカの匂いでおぼえている。ジャカルタの道には椰子油の匂いがしみこんでいた。

南ベトナムは〝ベン・ハイ河からカマウ岬まで〟とよくいわれる。ベン・ハイ河は〝暫定軍事境界線〟の十七度線のことであり、カマウ岬はインドシナ半島の最南端にある。私と秋元キャパの二人は洪水で鉄道と道路が流失した中部地区をのぞいて、北から南までのこらず訪れた。乗合バス、小型四輪車、シクロ（輪タク）、オートシクロ（モーターつき輪タク）、手あたり次第の乗物に手まね身ぶりで乗った。いつもポケットに日ノ丸の旗を入れておき、ときどきまわりの乗客に見せた。これにはベトナム語で『私ハ日本人ノ記者デス』、『ドウゾ助ケテ頂戴』と書いてある。東京へ留学にきているチク・マン・ザック（釈満覚）という詩人坊さんが、万一ベトコン（南ベトナム解放民族戦線）につかまったときの用心にといって書いてくれたのである。見せられた乗客たちは一〇人のうち八人までが愉快そうに声たてて笑った。笑ったあとで、フッとさびしそうにだまりこんだ。

ベン・ハイ河からカマウ岬まで、どの町、どの村へいっても、〝ニョク・マム〟の匂いがしみこんでいる。サイゴンの舗道にもしみこんでいるし、カマウの『亜州大旅店』の暗い湿った壁にもしみこんでいた。石、木、川、草、新聞紙、タイプライター、すべてのものにしみこんでいる。この国の息の匂いだといってもよい。全土にわたってくまなく、おそらく地下何メートルの深さにまでしみこんでいるのだとしか想像しようのない匂いである。日本人にはなじみの深い匂いである。しょっつるにくさやをまぜたものと思えば、まず、まちがいがない。製法もよく似ている。魚を塩汁につけて石でおさえ、しみでる汁の上澄みをとるのである。古いのになると何十年と貯えたのがある。黄濁したのは若い安物で、きれいに澄んだものほど老いて高価である。匂いはひどいが小蝦（えび）を漬けたニャチャン産のものが最高とされている。

ロンドンとパリで教育をうけた英字新聞の編集長も、一兵卒も、ベトナム人は、肉、野菜、うどん、春雨、米飯、すべてのものにこれをふりかけて食べる。ジャングルにたてこもったベトコンはいったい何を食べているのだろうとベン・キャット歩兵隊の少尉に聞いたら、米の飯にニョク・マムをふりかけて食べるだけで、おかずなどは何もないという答えがあった。ニギリメシに醬油をふりかけて食べる、というのとおなじくらいのことである。たったそれだけの食事で彼らはジャングルにえんえんと地下道を掘りぬき、木の梢に機関砲持ってよじのぼり、機関砲とロケット弾を発射しながら肉薄してくる武装ヘリコプターに猛射を浴びせるのである。あるいは、あの何トンあるのか知れない一五五ミリ無反動砲をよってたかって肩で運び去ろうと試みたりするのである。

ベトナム人は町でも村でもおそろしくたくさん子供をつくる。平均一家族に六人の子供がいる。一〇人、一三人などというのはざらにある。一台のスクーターに六人ぐらい乗って走ってゆくのを見ることもある。大供や子供がおしあいへしあいかさなりあって、スクーターの車輪が見えないほどである。日曜日に全家族そろって食事にでたのがタクシーで帰ってきたところに出会うと、あのカブト虫みたいな小型ルノーから、でてくるわ、でてくるわ、ぞろぞろぞろぞろ、呆れるよりさきにギョッとなる。

「……なんだってあなたがたは貧しいのにそんなにたくさん子供をつくるんです。あとで子供自身が困るじゃないですか？」

001

「わかりませんね」

「暑いからでしょう」

「シエスタ（昼寝）の習慣があるからどうしてもできてしまうんです」

「カトリック教徒は産児制限を許されてませんから、どうしても増えるんです。日本では人工避妊が公認されてるそうですが、うらやましいと思いますよ」

「もう疲れましたね、私は」

英語、フランス語、中国語、日本語と四カ国語が自由に操れる高級知識人の一人、グェン・ヴェト・カン氏は六人の子供をかかえ、四つか五つの新聞社でかけもちで働くので、いつ見てもやせこけて、くちびるに血の色がなく、顔面蒼白になっている。そして首相の新年の演説の原稿には動詞がないのでどう訳していいのかわからないと青息吐息でラルース辞典を繰るのである。

「もう疲れましたよ、私は」

カン氏は、ある日、まっさおなくちびるにタバコをくわえ、私をふりかえってつくづく吐息をもらした。

「……ニョク・マムでも食べてみたらどうですか？」

私がそういうとカン氏はげっそりした顔つきで肩をすくめ、ニョク・マムを食べるから子供ができてしまうのだとつぶやいた。

爆破されたサイゴンの米軍将校宿舎

「こんな動詞のない文章を書くのもきっとニョク・マムのせいにちがいないですよ」

　にが笑いしながら氏はひそひそとそういって首相の新年演説の原稿を腹だたしげに爪ではじいた。ナショナル・ソース、ニョク・マムとはじつにふしぎな力をひそめた液体である。

　サイゴンの特産品は何といってもテロ、デモ、デマ、クー（デター）の四つであった。それもよりぬきにはげしいやつばかりである。去年のクリスマス・イヴにはものすごいプレゼントがあった。米軍の六階建の宿舎に五十キロの爆薬をつみこんだ自動車を乗り入れた者があって、時限装置で自動車ごと建物をフッとばしてしまった。デモだというと新聞売りの少年からお婆さんまでが繰りだし、完全武装した落下傘部隊が鎮圧に出動して催涙弾を投げ、カービン銃を発射する。クーはほとんどこの国の将軍たちの政治的月経と化した観があって、大小入れると十六カ月間に十回の政変があった。何かといえば落下傘部隊が出動し、川には砲艦、空には戦闘爆撃機、町をタンクやM―一一三重装甲車が走りまわる。何ともドキドキと底光りしてものすごい様相をおびてくるのである。こういう混沌があってみれば、デマが埃りのように乱れとぶのも当然である。怪聞と臆測が朝となく夜となく耳から口へ、口から耳へと流れて、何が何やらさっぱりわからなくなる。だから、どんなとっぴな思いつきをしゃべっても、人はまじめに耳をかたむけてくれる。何をしゃべってもどれか一つはアタるから

ダラットの市場裏で野菜を売る人々

ふしぎである。一カ月もサイゴンで暮すと生れたばかりの赤ン坊でもたちまち立派な政治的予想屋になれると思うほどである。

だからといってサイゴンを陰謀と血だけの都だといいきってしまうのは誤りである。大半の市民は優しく、おだやかに、貧しく、いそがしくはたらいて暮している。朝六時ごろ、暗いつめたい道をはたらき者の女たちは三角笠をかぶり、はだしで天ビン棒をかつぎ、あちらこちらの市場へ買いだしにでかける。バスの発着場には何十台と長距離バスが並び、農民や小商人を乗せて田舎へ走ってゆく。舗道には米飯、春雨、うどん、内臓料理などを山盛りにした洗面器がたくさん並び、人びとは道にしゃがみこんで長いよごれた箸を使う。商社では電話が鳴り、銀行では計算機がうなり、花屋は花を売り、乞食少年は壁に銭をぶっつけてとばしあいをするのである。正午から三時間ほどはシエスタである。サイゴンでも前線基地でも昼寝をする。会社、官庁、銀行、みんな昼寝をする。真冬でもギラギラした白熱の光が道にあふれ、人びとはたまゆらの仮死に沈みこむ。ベトコン、政府軍、アメリカ兵、従卒から将軍にいたるまで、一人のこらず昼寝をするから、毎日、三時間だけは戦争がないのである。

たそがれどきになるとサイゴン河の河岸には上げ潮に乗ってやってくる小魚を釣る子供が群がる。リールがわりに空罐に糸を巻きつけ、五センチほどの頭の平べったい小魚をミミズで釣る。そのまわりには砂糖キビ、焼きスルメ、バナナの天ぷら、ジュースなどを売る屋台が群がる。小心な、つつましい恋人たちが指をそっとからみあわせつつ河岸を散歩し、薄青いたそがれのなかに輝やく砲艦やMMライン定期船の灯を眺めて夕涼みする。〝自由通り〟と改められたカティナ通りには腰にピストルをぶらさげた野戦服姿のアメリカ兵が歩き、ポン引、エロ写真屋、チェンマネ屋（闇ドル両替屋）、靴磨き、少年乞食などが、〝ユー、ナンバー・ワン！〟と口ぐちに叫びかける。ノミの群れのようにとびついてくる。手で追い払うと、〝ユー、ナンバー・テン！〟と毒づく。アオザイ姿、マンボ・スタイル、Gパン、さまざまな恰好の娘たちが赤、青、黄のネオンに輝やく暗い穴に出入りする。『コパカバーナ』。『フロリダ』。『ラ・バゴォド』。『フラワー』。『バー　25』。穴のなかで娘たちは入口に向って止り木にすわり、ときどきミミズクのように眼をパチリ、パチリとさせながら、房みたいなつけ睫毛の底から客に鋭い一瞥をくれる。

〝サイゴン・ウィスキー〟というものがある。店によってちがうが、砂糖水、ミカン水、水割りのペパミント、お余りのコカコラ、あるいはただの水であったりする。店に入って席につくとすぐに紅茶茶碗やグラスにそういうものを入れて持ってくる。一杯が八十ピアストル（実力約二百四十エン）から百ピアストル（約三百エン）である。そのうちの何割かが娘たちの収入になる。ほかに月給らしい月給をもらっていない娘もある。だから彼女たちはガブガブ飲むのである。必死になって飲むのである。一時

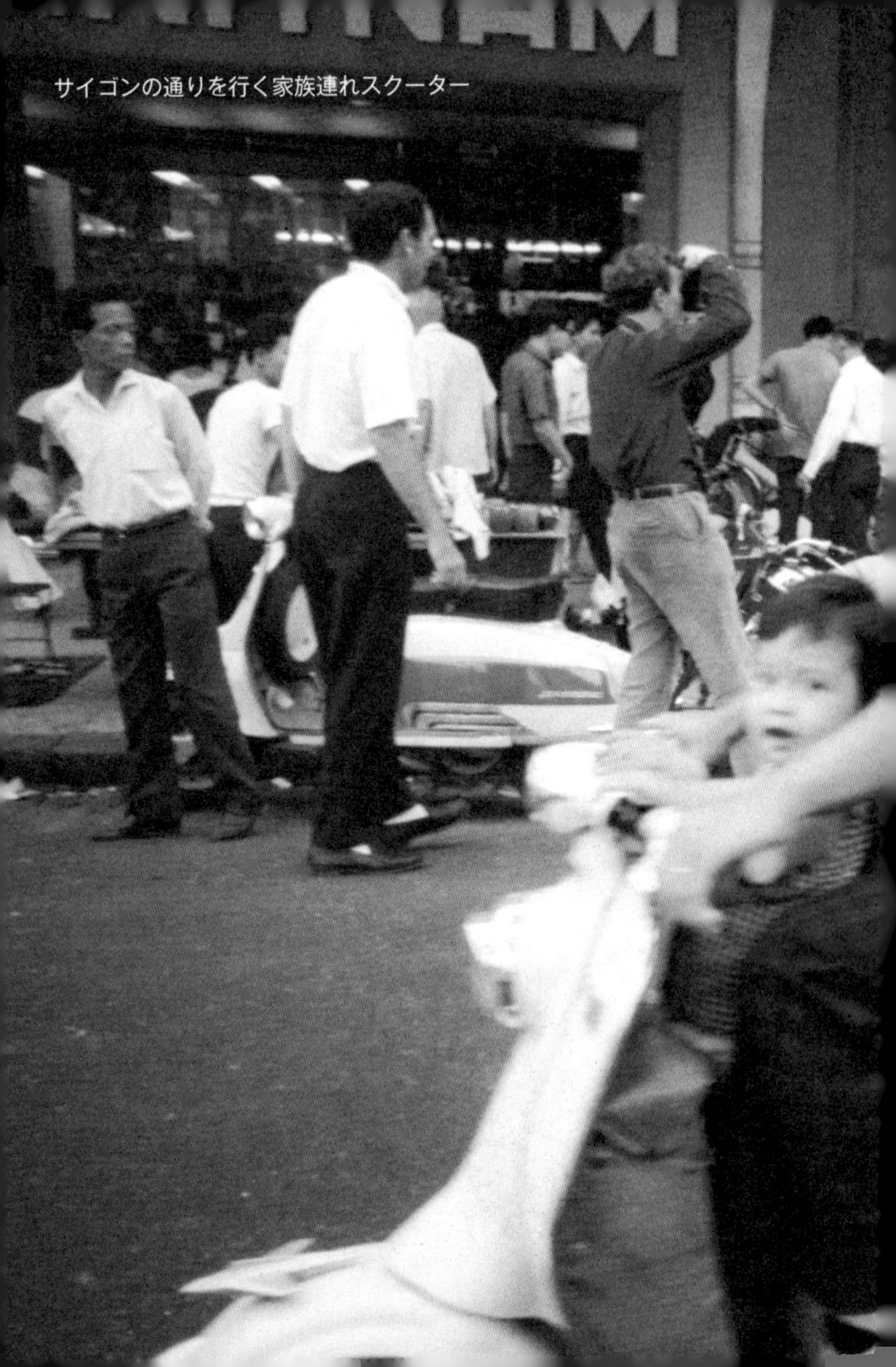

サイゴンの通りを行く家族連れスクーター

間もすわっているとテーブルはお茶碗の山盛りになる。そして、たとえば、中国人街のショロンの裏あたりの酒場へいけば『銀座カンカン娘』、『夜来香』、『何日君再来』、『支那の夜』、『愛馬行進曲』などを『上を向いて歩こう』などとまじってテープでくりかえしくりかえしがんがんと聞かせてくれる。ケネディとジョンソンの下手くそきわまる似顔絵がカウンターにたてかけてある。まっ暗ななかにすわりこみ、天井のすみっこで鳴きかわすヤモリの声を聞きながら、フランス・ビール『33』を飲み、広東娘をはさんで、前線帰りのアメリカ兵と、東京を舞台にした猥談『一五五ミリ大活躍』をやっていると、何が何だかわからなくなってくる。そういう奇怪なる混沌のなかにすわりこんでいると、『支那の夜』など、永遠の名曲のような気がしてくる。

この国は貧しい。おそろしく貧しい。女も男も貧しい。市民も農民も貧しい。サイゴンも一歩裏通りへ入ったら電気が買えないので豆ランプやロウソクをともしている。娘たちは豚小屋のようなどぶとニョク・マムの悪臭のたちこめた家のなかで綿屑に手足をつけたような兄弟たちとおしあいへしあいザコ寝をしている。農村へいくとさらにこれがすさまじいことになってくる。たとえばメコン・デルタである。ここはいけどもいけども、地平線の果てまで、水田が海のように広がっている。酔いそうなくらい広くてゆたかである。沖積土の泥は陽にむんむん蒸れて肉が厚く、やわらかくて、肥えている。肥料をやらなくても稲が育つそうだ。一年中照っていて水も豊富なのだから、その気になれば年三回の収穫をあげることだってできる。何千年となくこの広大な三角州はそうだったのだ。昨日今日の話ではないのである。しかし、この尨大な穀倉のなかに暮しながら農民たちはクリークの岸に泥と椰子の葉で掘立小屋をつくり、豚や鶏といっしょに暮しているのである。ないといったらほんとに何もない。床板すらないのだ。床にセメントや石を張った家など、見るにも見られぬ。〝道具〟といえば鎌と鋤、〝家具〟といえばデコぼこの洗面器があるくらいなものだ。空にまでとけこむ水田の巨大な豊饒さと土にとけこむ貧しさのこの対照は異様なものである。何者かによる搾取のすさまじさをつくづく感じさせられた。

けれど、この国の土と水そのものはすばらしく多産で受胎力にみちているのである。市場へいったら一日でわかる。サイゴンの中央市場でもそうだし、地方の町の市場でもそうだが、どの市場へいっても、野菜や魚や果物が多種大量、足の踏み場もないくらい氾濫しているのである。魚とくると、川の魚も海の魚も、わいてくるのだとでもいうよりほかないくらいゆたかである。

農民たちはクリークに椰子の葉でかこった小さな哲学堂をつくっている。家のなかでは哲学しないのである。野外で日光をさんさんと浴びながら七、八分の小さな楽しみに心ゆくまでふける習慣である。板を二枚わたしただけの構造であるが、汚れようがないからとても清潔で、どんな文明国の水洗式よりも完璧である。第一、故障する

サイゴン市庁前の塹壕は子どもたちの遊び場になっていた

心配がいらない。そこで私はゆるゆるとしゃがみこみ、ベトコンの狙撃兵(スナイパー)はいないかどうかと対岸のバナナや蘇鉄の林をおそるおそるうかがいつつ、やおらＴＮＴ爆弾を投下にかかる。爆弾が水面に達した瞬間、ばちゃばちゃばちゃっとえらい音が起り、水しぶきがたつ。顔にかかるくらいの水しぶきである。おどろいてのぞきこむと、見よ、無数の魚がおしあいへしあい御馳走にありつこうとして大騒動をやっているではないか。ためしにもう一発投下する。ワッという歓声があがり、お尻の穴へとびこみそうないきおいで魚が跳躍してくる。三十センチはあろうかというナマズが小さな、小さな、ビーズ玉みたいな目を光らせながらヒゲをそよがせて黄濁した水と日光のなかをゆうゆうと消えてゆく。大きな口にひときれ私の精選フォア・グラをくわえている。その横顔の満悦ぶりを見るとパリの銀行家が松露入りのストラスブール産のフォア・グラにありついたよりも幸福そうである。

機銃掃射のときもやっぱり魚たちはとびあがってくる。けれど、大いそぎでパクッとやってもこのときは泡だけしかないから、ぴしゃりと尾でくやしげに水をうって消えてゆく。そのときの横顔はこう舌うちしているようである。

「ちきしょう。日本人の奴。またニセモノをつかませやがった……」

ベン・キャットへゆく途中で小さな前線基地におりたことがあるが、ここでもヘリコプターから、小さな水たまりで哲学にふける農民のお尻に無数の魚がくっついて宴会騒ぎをやっているのを、チラと見かけた。この国の魚はよほど腹がへっているのである。あるいは、よほど好学心が旺盛なのだ。上で考える人間を下で批評しようというのだ。また、これこそ真実であろうと思うが、この国の土と水はよほど多産なのである。戦争さえなければほんとにいい国なのである。戦争と搾取さえなければいい国になれる国なのである。

（なお、註を一つ加えると、農民はこのナマズを釣って市場へ売りにゆく。焼いて食べてみたが、なかなかわるくない将校食であった。エネルギーの永久回帰はうまいものだということを作戦の昼食で教えられた。）

サイゴンは悲しくて軽薄で罪深い都である。一歩郊外へでたらジャングル、水田、国道、夜昼問わずに血みどろの死闘がおこなわれているというのに、ナイト・クラブやキャバレは夜ごとフランスのストリップ娘や日本のストリップ娘を呼んで楽隊入り、どんがらがっちゃんの大騒ぎである。カマウから三百三十キロを移動して汗とガソリンの煤でどろどろになってサイゴンへ帰ってきたのは昨年の暮れであった。街道ではいたるところでM—一一三重装甲車、タンク、死体、タンクに踏みつぶされた水田、作戦帰りの疲れはてた兵隊の群れなどを見た。一〇五ミリや一五五ミリが昼となく夜となく、すさまじいひびきをたててとどろきわたるのもしこたま聞いた。よほどの物量を消費するのであろう。ある町のはずれにある家が大砲の薬莢の殻でつくってあるのも見た。しかし、サイゴンへもどって一風呂浴びてからショロンのキャバレへいってみると、ぶうぶうドンドンの楽隊が大汗かいて『聖者きたりなば』を演奏し、ホールは皺ひとつない背広にネクタイをつけた紳士淑女たちで身うごきできないくらいであった。そして、入口の看板をふと見たら

『今天徹宵　狂舞歓喜!!!』

とあった。

どこへ行っても必ず従軍僧と〝憂国筆談〟

フエでも、ダナンでも、カントーでも、地方を旅するときはきっと坊さんのところへいった。私たちは通訳をやとわなかったので、坊さんのところへでもいくよりほかなかった。英語やフランス語ができなくても、ちょっと年輩の坊さんなら漢字が読めるから筆談でおおむねのところは通じあえるのである。従軍僧隊長のチク・トム・ジャック師（中佐である）にあらかじめ身分保証書をもらってあるので、どこへいっても大いに歓迎された。

カントーの町はメコン・デルタ地帯にあるが、ここではある朝、空軍基地のよこにある『建国寺』というお寺をたずねた。線香の匂いの漂う、床を化粧タイルで張った

ダラットの街角で

SAIGONNAIS
HU-TÙNG XE HƠi VỎ RUỘT VÀ BAZAR
18

本堂に入っていって何やら声をだすと、三十五歳くらいの坊さんがでてきて、話に応じてくれた。さっそくテーブルに向いあってすわり、紙とボール・ペンをたがいにやったりとったりしてだんまりの談話をした。この坊さんは従軍僧で、階級は大佐ということであった。コーヒー色のよごれた僧服を着こみ、眼をまっ赤にしてたえずゴンゴンと咳をした。南国でも風邪はひくのである。

「在此有越共？」

（ベトコンはここにいますか？）

奇妙奇怪な漢字を並べて私がペンと紙を坊さんのほうにおしやると、坊さんはゆっくり考えてから何やら書きつけ、だまってこちらへよこす。なかなかの達筆である。

「在此無越共」

（ベトコンはここにいません）

やっぱりだ。昨夜泊った『西都大酒店』の中国人のボーイもおなじことを答えた。どこへいってもおなじ答えを聞く。ベトコンは町を目標にしていないのである。農村だけが目標である。町をおさえる必要はないのである。この国は八〇パーセントが山とジャングルと農村なのである。

「於西貢我聞激烈戦争展開於全南方地帯」

（全南部では戦争が激しいとサイゴンで聞きます）

そう聞いたら坊さんは
「然在此戦争無有達観於仏教」

と書いた。

字をよく眺めて想像するのに、〝ソレハソウダガ、戦争ガアルカナイカトイウヨウナコトハ仏教デハ達観シテオリマス〟ということではあるまいか。〝達観〟とはまた、なかなかみごとな心境ではないか。

ところで、将軍たちは権力を貪ります。政治家たちは金力を貪ります。だから兵隊たちは戦争の目的を知りません。すべての兵隊が心のなかでは戦争を欲しておりませぬ。このように私は聞きます。これは真実でありましょうか。坊さんは私の書いた字をしばらく見ていてから、静かに微笑し、たったひとつ知っているフランス語でつぶやいた。

「セ・ラ・ヴェリテ」

(真実です)

将軍や政治家はことごとく財産をフランスやアメリカや香港に逃避させていると聞きますがこれもほんとでしょうかと聞くと、坊さんはやせこけた肩をかかえて、また
「セ・ラ・ヴェリテ」

といった。

仏教徒らによる反政府デモ（サイゴンで）

そして

「現在政府陳文香欲消滅仏教」

と書いた。

いまのチャン・ヴァン・フォン政府は仏教を消滅させようとしているというのである。昨年、フォン内閣ができてからずっと仏教徒は反対しつづけている。坊さんは文章をつづけ、しかしその〝貪望〟は全人民の反感を買うばかりでまったく無益であろうと書いた。ところで全ベトナム人は平和を熱望していると思いますがどうすればいいのでしょうかと書いたら、まず人民の衣・食・住の願いをみたしてやることですと坊さんは書く。では誰がこれをやるのでありますか。仏教の僧と尼と信徒あるのみです。けれどこのことの大半は政治の現実でしょう。仏教徒は政治に干渉しないと聞きます。してみると仏教徒はただ良心的な政府がつくられるのを欲しているだけなのですか。まことにおっしゃるごとく仏教は政治によりかかることを欲しません。政治が全人民の希望をかなえるか、かなえないかを考えるだけなのです。もし政府が人心を得ることができなかったら仏教徒は絶対反対しましょう。よろしいです。では仏教徒は誰を支持するのですか。いまのベトナムに真に国を憂うる良心的な政治家はいるのですか。

坊さんは何度も何度も私の書いた字を読みかえし、よこにすわった若い従軍僧に意味を訳してやった。二人はしばらくひそひそと何やら話しあっていたが、やがて結論がついたらしかった。大佐はにがい微笑をうかべ、おもむろに紙へ何やら書きつけてよこした。見ると、たったひとこと

「無」

とあった。

しばらくしてから、私は

「深感！」

と書いてたちあがった。

十七度線国境附近と、そこに住む人びと

フエは日本ではフランス語風になまって〝ユエ〟とつたえられているが、一六世紀に阮（グエン）王家によって首都とされた古い北方の都である。漢字にすると〝順化〟である。ベトナム語は中国語からきているのである。〝ホー・チ・ミン〟は〝胡志明〟、〝ゴー・ジン・ジェム〟は〝呉廷琰〟である。〝ビン・ディン〟は〝平定〟、〝チュー・ドック〟は〝守徳〟である。ベトナムの町の名にはこの〝ビン〟や〝チュー〟のついたのが多いが、過去に一千年間中国の属国とされたにがい民族の経験、たえまない叛乱、

蜂起、挫折の連続であった歴史を考えると、町にもおのずからこのような名がつくのであろう。

「ベトナム人は叛逆したり抵抗したりすることは伝統的に達者なのですが、再建したり維持したりするのは得意じゃない。だから将軍たちはあのようにたえまなくクーをやるのです。一つにはこういう歴史的な性格のためでもあると私は思いますね」

英字新聞の『サイゴン・デイリー・ニューズ』の編集長のラウ氏に、いつか、そのような説明を聞いたことがある。

フランス人はフエのことを〝プチ・ペキャン〟（小北京）と呼び、たいていの日本人は〝ベトナムの京都〟と呼んでいる。町には『香河』という美しい名の川が流れ、言葉はやわらかく、娘たちの眼はサイゴンより大きくて、〝フエ生れ〟を自慢にする。けれどそれ以上にこの古い都は知性と宗教、学者と高僧の町である。フエは京都とおなじように読書や瞑想を愛するが、紙魚（しみ）ではない。古都ではあるが叛逆と情熱にみちている。ベトナム人の脳と心臓につよい影響力を持つ。ゴー・ジン・ジェムの独裁虐政に反抗して僧たちはまずこの町で焼身供養を敢行し、全土に火が及んだ。グェン・カーン将軍の軍事独裁打倒の烽火（のろし）をあげたのもこの町の大学教授たちが僧と協力してつくった『救国委員会』である。私がベトナムにいるあいだに起った仏教徒の反政府闘争もサイゴンよりこの町のほうがはるかにはげしかった。仏教徒を弾圧するチャ

サイゴンの通りでは、クリスマスを前におもちゃの市ができていた

ン・ヴァン・フォン氏とその政策をテイラー大使がつよく支持したので学生たちがアメリカ文化センターの図書館に乱入し、人は一人も傷つけないが本を焼いたのである。その数は五千冊から六千冊に達したという。

　フエは軍事的には第一軍管区に属しチー将軍の支配するところであるが、戦線はおおむねおだやかで、煮えたぎる南部メコン・デルタとくらべるとほとんど眠っているといってよいというのがサイゴンで集めた情報であった。いってみるとなるほど香河はひたひたと流れ、娘たちの眼は大きかった。フエは小さな、小さな、静かな田舎町で、タクシーが一台もなく、ネオンは数えるほどしかなく、夜は表通りの家でも石油ランプを灯していた。郊外のゆるい丘と竹藪の地帯には歴代王家の中国風の墓陵があり、さやさやと風が塔や石柱の上をわたっていった。遺跡の古池でライギョの跳ねる音だけがひびき、うごくものといっては枯葉だけだった。水田では農民が氷雨のなかで蓑笠つけて水牛を追い、町の中国人の家の戸口には『天官賜福』と書いた赤い聯紙（れんし）が貼ってあった。玩具のような祠が壁についていて、長い線香が雨のなかでひっそりと煙っていた。けれど戦争は聞きこみとはひどく様子がちがった。フエ大学の物理学教授で救国委員会の事務長であるグェン・フゥ・トリ教授にまわしてもらった自動車で遺跡見学をしていると、川と丘と草をゆるがしてすさまじい砲音がとどろいた。一五五ミリである。一発や二発ではなく、たてつづけに何発となくとどろいた。砲音は翌日もつづいた。午後から夜半にかけてとだえることがなかった。地雷も一発すごいのが炸裂した。夜になると照明弾が何発も何発も近郊の山におち、香河の岸の椰子の並木をあかあかと照らしだした。迫撃砲が火の線をひいて走るのも見えた。

「夕陽（ソレイユ・クーシャン）のようですね」

トリ教授がつぶやいた。

「きっと明日は病院が死人でいっぱいになるでしょうね。将軍は司令部にいて一人も死なないでしょうけれど、貧しい農民の兵隊が何人も今夜死ぬのでしょうね」

教授夫人が暗がりでささやいた。

山のなかの一つの遺跡で二人の青年に会った。中国人であると自己紹介した。一人は完璧なフランス語を話し、一人は完璧なイギリス英語を話した。二人はいんぎんで、優しく、親切であった。墓陵の石段をおりてきてかわるがわるに運転手と私に向って、これからさきは危険だからいかないほうがよいと忠告してくれた。日ノ丸の旗をだして見せたら二人は愉快そうに笑いころげた。

「……御忠告はありがとう。だけど一度ＮＬＦ（National Liberation Front・民族解放戦線・ベトコンのこと）のなかに入っていっしょに暮してみたいものだと思ってるんです」

「エクサイトメントを求めているのですね」

「いや、宣伝とデマが氾濫して何が何やらさっぱりわからないから一度自分の眼でたしかめてみたいのです」

「ベトナムの新聞にはでませんでしたが日本の新聞にはＮＬＦといっしょに暮したオーストラリア人の記者の物語が発表されたそうで、たいへんおもしろいそうですよ」

英語青年はそういってＮＬＦの兵士がサイゴン空港から遠くないところでライフル銃で飛行機を射ちおとした話がでていたそうだというようなことを話した。彼のバーチェットの記事についての知識は山のなかで聞くにしてはひどく正確で精密であった。一〇人のベトナム人が一〇人まで〝ＶＣ〟とか、〝コンサン〟とか、〝ベトコン〟などと呼ぶのに彼はＮＬＦ、ＮＬＦと正しい名称で呼んだ。珍らしいことだ。

夜になってフエの町へもどり、ぶらぶらと香河の岸を夕食後散歩していると、とつぜん橋のたもとの暗がりから、今晩はと美しい英語で呼びかける者があった。でてきたのを見ると午後の英語青年であった。どうしたのか右腕を首から吊っていた。彼は静かな口調でフエの町はどうかとか、明日はどこへいくのかとか、たずねた。

そして、とつぜん、顔を近づけて

「いまさきから尾行されているのに気がつきましたか？……」

とたずねた。

びっくりして私がいった。

サイゴン街頭のカレンダー屋

「いや。まったく知りませんね」

「……そうですか。いまさきあなたが町角を曲るのを見ていました。すると、今日の午後あなたが乗っていたのによく似た形の自動車が四人の男を乗せてあとをつけていきました。これは事実です。私の考えだと秘密警察ではないかと思いますね。よく用心してください」

青年は静かな口調でそれだけいうと、おやすみなさいと声をかけて暗がりに去った。気がついたときにはどこにもいなかった。椰子の並木の暗がりにフッと消えてしまった。

近くのベトコンの捕獲武器の展覧会場から撮影を終ってぶらぶらと秋元キャパがもどってきたので話をしたら、薄気味わるそうな顔で
「おっかねえ町だね」

「もうどこかへ消えてしまいよった」

「いったい何者かね」

「わからんなあ」

話をしているうちにだんだん気味わるくなってきたので、いそいで中国人旅館にもどり、バグをあらためてみたが、留守中にしらべられた気配はなさそうであった。財布もちゃんともとのところにあった。ヤモリの鳴声を聞きつつウィスキーを飲んで、

何者か来訪者のくるのを待ったが、その夜はとうとう誰もあらわれなかった。

翌朝はひどい宿酔であった。

（註。いまでは私はこの青年をほぼＮＬＦ関係者、おそらくその諜報部員であったのだろうと考えている。尾行の件は真偽いずれともわからない。その後二度と彼は私の身のまわりに姿をあらわさなかった。）

日曜の昼と夜はグェン・フゥ・トリ教授の大学官舎で食事に招かれ、会話をたのしんだ。教授はフランスに十年留学し、ボルドー大学で物理を学んだ。『救国委員会』の事務長で戦闘的な自由主義者である。グェン・カーン将軍の軍部独裁政府にはげしく抵抗し、委員会結成以前に投獄された。フエにいった理由の一つはこの国の知識人たちに強力な影響をおよぼした同委員会の人に会って意見を聞いてみたかったのである。けれど教授のいうところによると、いまは軍政から民政に移されたのでほぼ目的は達せられたものと考え、活動をやめているとのことであった。グェン・カーン将軍は幕裏にさがっただけで現在の政府は実質的には将軍に操られる軍政ではないでしょうかと聞いてみたが、教授は、たしかにそういうことはいえるけれど、とにかく政府のなかに将軍は入っていないのだから『救国委員会』としては抵抗をやめたのだという。

「……仲間の教授たちもみんな大学にもどりました。ただ、中部地帯にものすごい洪

サイゴン・オペラハウス（当時の国会議事堂）前にて

TRIEN LAM HOI HOA

水があったので、援助のために学生たちは毎週六〇名ずつ交替で農村へいきます。私は教師なのです。だから政治から手をひいたのです。とてもむつかしいことですけれど中道を歩みたいと考えています。政府が民政になった以上、すべては終ったのです」

教授は静かな、柔らかな口調でそういい、ひっそりと微笑をうかべた。はげしい闘士としてのおもかげはどこにもなかった。こういう人が怒るとつよいのであろう。

夫妻は戦闘的な自由主義者であるが、同時に民族主義者でもあり、愛国者でもあるようだった。たえずおだやかな微笑をうかべながらも夫妻はタグ・チームを組んでチクリ、チクリと政府を痛烈に批判した。アメリカ人は個人としては率直であり、善意にみちているので好きだけれど、対外政策は大きらいだ。氷山の一角にすぎぬサイゴンの政府とだけ交渉して農村へ入ろうとしない。コミュニストの生活には賛成できないけれど、少なくとも彼らは統一力をもち、どんな農村のどん底にでもおりていっていっしょに暮す。ベトナムの不幸な政治、経済のすべてを外国に依存していることで、なんといっても私たちは独立がほしい。外国の経済援助はこの貧しい国を改革するためにどうしても必要だし、たいへん歓迎したいけれども、それ以上のものを持ちこまれるのは困る。けれどいまの政治家と将軍たちは利権を貪り、金をたくわえ、権力争いに腐心しているから、いくらアメリカがドルをつぎこんでも農村には電気がつかない。フエで立派なのは大学の建物だけで、あとはごらんのとおりのすさまじい貧しさばかりである。戦争があるかぎりアメリカからドルがくるから、戦争がつづけばつづくほどよいと考えている亡国者、根なし草連中が少なくない。政府の歩みはあまりにのろく、農村はあまりにも貧しい。政府は前へ歩いているのではなく、一歩一歩うしろへ歩いているのではあるまいか。

「……それで、どこへいくのです？」

「何が？」

「政治家たち」

「自殺でしょうよ」

教授はおっとりと笑った。けろりとした顔で痛烈なことをいってのけ、タバコも酒も飲まず、ただ手を膝にそっとおいていた。

夕食を食べながらささやかな文学話をたのしんだ。教授はラシーヌ、コルネイユ、モリエールを愛し、一九世紀、二〇世紀文学はとてもダメだと断言した。やせたピア・アンジェリにそっくりのすばらしい美人の教授夫人がたちまち口をとがらせて抗議した。なにヨ、あなた。新聞の要約記事しか読まないくせに二〇世紀文学はダメだなんてどうしていえるのかしら。みなさん。この人のいうことを信じてはいけませんよ。お聞きなさいますな。教授は笑いながらも断固としてゆずらず、二〇世紀文学は

ベトナムを南北に分ける十七度線の検問所付近

小さくて乱れた作品ばかりだといった。夫人は鋒さきをそらし、ボーヴォワールの話に移った。女史の大のファンなのだそうだ。いささか繊細複雑すぎて難解だけれど、シモーヌ・ド・ボーヴォワールの『第二の性』が好きなのと彼女はいう。『第二の性』もわるくはないけれどロマンとしては『レ・マンダラン』のほうがずっと好きだし、尊敬すると私がいうと、夫人の大きなアマンド型の眼がきれいに閃いた。ベトナム人にしては珍らしい顔だちである。フランス人とベトナム人の混血ではないかと思いたくなるほどである。

教授がつぶやいた。

「おかしいな。フランスには中国大官は一人もいないし、あの小説には中国人が登場しないのに、どうして『レ・マンダラン』というんだろう」

私がつぶやいた。

「あの題は皮肉なのでしょう」

夫人がつぶやいた。

「そうよ。たしかにそうだわ。あれは皮肉なのよ。フランスの知識人に対する皮肉なのよ」

さきほどから遠くもない夜の山のなかでドドドドッ、ドドドドッと大砲が吼えていたが、この瞬間、ズズズズッと大地をふるわせ、ドドドドッと大気をひき裂き、ダアアアーンッといっさいをフッとばす一発の超特製炸裂音がひびきわたった。窓ガラスが紙のようにふるえる音を聞いた。私と秋元キャパは思わず椅子からたちあがった。キョトキョト眼を見かわしあった。

「……！」

「……⁈」

夫人は食後のお菓子をつまみ、ちらりと窓のほうを見ただけで、ひとこと

「地雷（セ・ラ・ミーヌ）ですわ」

とつぶやいた。

文学は粉砕されてしまった。

私たちはつれだって香河のほとりへ散歩にでかけた。夜の底に椰子の並木道があり、尨大な量の水がひたひたと速く走る気配が暗がりのいたるところにあった。空のどこかで爆音が聞え、つぎつぎに照明弾がおとされた。おちるたびに教授夫妻はひそひそと、〝オ・ラ・ラ〟、〝オ・ラ・ラ〟といった。

照明弾は落下傘につるされてゆっくりとおち、空と乱雲と川と貧しい町をあかあかと照らしだした。迫撃砲の火線が椰子の梢と屋根の黒い影をこえ、空に走った。大型軍用トラックが五台、兵隊を満載し、寝静まった町をふるわせてどこかへ疾走していった。誰一人として見物にでてくる者もない。これがこの国の日常なのだ。どこかの

夜になると照明弾が河面を照らす（フエ）

掘立小屋でラジオがものうくシャンソンを流していた。

わたしに　いって
ほんとに　ひくく
…………
……

五、六人のはだしの子供たちが尿とニョク・マムの匂いで腐った暗い路地に群れて、いつもの銭投げをして遊んでいた。夫人は誰いうともなくつぶやいた。
「ここでは小さな泥棒が遊んでる。あそこでは人が死んでいる。私たちはボンヤリと見物している」

とつぜん教授がいった。

「正確だ。二分ごとに一発おとしている。まったく正確だ。おなじ場所におとしてる」

腕時計を見ていかにも物理学教授らしく計っているトリ教授をふりかえって、小さなやせた夫人はいたずらっぽくいった。

「二分ごとにアメリカのお金が降るのよ」

「アメリカのお金はよく光りますね」

聞きつけた私が半ば冗談につぶやくと、夫妻はひくく笑って、椰子並木の暗い河岸を歩いていった。

翌日、私たちは乗合自動車にのって、クヮン・チ（広治）経由、十七度線を見にいった。古式ゆたかな中型プジョーのおんぼろはひどく弾性に富んでいる。運転手を含めて合計一〇人の男女と荷物を呑みこんだがいっこうに平気であった。車体のあちらこちらが人の肩や膝の恰好のまま凸凹になり、まるで子持ちの南京虫みたいにまるまると肥って白い珪砂の荒野の一本道をとんでいった。何度か首をひねってふりかえったが、尾行してくる車はないようだった。

街道の道ばたの草むらに死体がひとつころがっていたので自動車からおりた。ふつうの農民の黒シャツ、黒ズボンをつけ、泥だらけのはだしであった。左胸の上部に大きな穴があき、シャツを裂いて肉がはじけていた。まだあまり時間がたっていないらしく、血はぬれて光っていた。爪はすっかり白くなり、足はこわばっている。明るい午前の日光のなかでたくさんのハエが肉の穴に群れて朝食をせかせかと貪っていた。はだしの農民や老婆や子供が何人か集って眺めているが、しゃべる者もなく、指さす者もなく、ただ無表情に佇んでいるだけだった。

若い運転手がフランス語で

街道の脇に放り出されたベトコンの死体（フエ）

「……ＶＣ。今朝、夜明け」

といった。

「ほんとにＶＣなのか？」

私がたずねる。

「それとも農民なのか？」

運転手は肩をすくめ、ぼんやりと
「わかりませんよ」

とつぶやいた。

わかっていることはたったひとつであった。ベトナム人がベトナム人に射殺されて朝の草むらにぬれてころがっているということだけであった。サイゴンの英字新聞には、"One Red Killed. Nothing New."とでるだろう。いや。きっとでないだろう。新聞は毎朝毎朝、東西南北の戦闘と大量の死を報告するのにいそがしく、記事はまるで株式相場表みたいになっているのである。戦争につきものの英雄讃美のロマンティシズムなど、爪の垢ほどもない。今週は先週にくらべて死者何パーセント減、武器喪失何パーセント増、行方不明者何パーセント増といったぐあいである。"Kill Ratio"（殺戮比）というような言葉が使われている。戦争も死もない。ただ計算機の唸りがあるばかりなのだ。この国の空気はおそらく酸素と窒素と『死』で構成されているのだ。

数字にすぎなくなった『死』で。計算機を操作する人も遭遇すればたちまち粉砕され、衰弱し、黙りこくって、まぶたひとつあげることもできなくなるであろうはずの、永遠に新鮮で強力無比な『死』が、この国では、ただ、ボタン一個のうごきに堕落しきっているのだ。

晴れてはいたが、ベン・ハイ河は寒かった。風が田と水と草の上で鳴っていた。こちら岸には黄地に赤の横線三本の旗がひるがえり、向う岸には赤地に黄星の旗がひるがえっていた。両岸とも巨大な鉄柱を建て、何個となく拡声器をくっつけて、宣伝の放送合戦をやっている。ひっきりなしに若い、きれいな、澄んだ少女の声がしゃべりつづけている。二人の少女の声は川幅三十メートルほどをへだてているというだけのちがいで、まったくおなじであった。外国人である私には一人の少女がしゃべっているとしか聞えなかった。朝から晩までひっきりなしのこの精力的な放送を聞いているのは、ただ、田ンぼのなかの水牛だけである。滑稽さよりも、どこか、やりきれない、透明な悲惨さがあった。

こちら岸には大きな野立看板があって、漫画が描いてある。牙をむきだした毛沢東が有刺鉄線の鞭をふりあげてやせさらばえたベトナム農民の大群をひっぱたいている画である。向う岸にも野立看板が建っている。宣伝漫画ではなく、何かスローガンをベトナム語で書きつらねているのだ。

高原の避暑地、ダラットの湖畔

「!」「!」、「!」と感嘆符がしきりにかさねてある。

運転手がやってきて説明してくれた。

「……両方ともおなじです。何もかもおなじなんです。両方とも歩哨の時間が終ると兵隊たちはシャツを着かえて田ンぼを耕やすのです。みんなおなじです」

「……」

「どう思いますか?」

「こっけいで、愚劣で、とても悲惨だ」

「愚劣ですか?」

「うん」

「……」

「愚劣だよ」

若い運転手は黙ってすぎゆく水を眺め、〝愚劣(イディオティク)〟、〝愚劣(イディオティク)〟と口のなかでつぶやきつつ自動車のほうへゴム草履鳴らして去っていった。

バスでこうして田舎を旅行してみてわかったことだが、カマウへゆく途中も、ベン・ハイ河へゆく途中も、街道沿いの村という村はからっぽになっていた。若者や壮年の男がいないのだ。はたらける男、走れる男はことごとく去ったのである。村にいるのはじいさん、婆さんと子供だけである。女たちは黙りこくって日なたの土にしゃがみこみ、一日じゅう頭の毛ジラミのとりあいをしている。まるで猿である。村はめくらになって大地にしゃがみこんだ寡婦のようであった。乾いて、うつろで、声がなく、がらんどうであった。若い男といえばカービン銃やライフル銃を持ってのろのろと橋のあたりを歩きまわる兵隊と民兵だけである。ことごとく政府軍にとられるか、ベトコンに入るかしたのである。《戦争》にとられたのだ。《戦争》が村々を強姦しているのである。南部も、北部も、そうだった。あとでベン・キャット基地へいって私たちは兵隊といっしょに暮すことになるが、ここもサイゴン北方わずかに五十二キロの地点なのにあたりの村という村はことごとく〝凄しき寡婦のごとく〟なって、土にしがみついていた。

若い男の死体。国境。強姦された村々。地雷の炸裂音。照明弾。毛ジラミのとりあいをする女たち。南へいき、北へいきするたびに、毎日、この国の悲惨さが眼や耳から私たちの体のなかに入ってきた。港町のダナンで、ある朝、きたない町の中国人経営の一膳飯屋に入ってチャシュメンを食べつつ、秋元キャパは、ふと眼をあげた。つくづくといった口調で彼はつぶやいた。

「つらい国だなあ。ほんとにオレはそう思うよ。なんだかいつもすまなくていけない。ついレンズがくもりがちだ」

この感想を体に浸みこませてダラットへいってみると、ジンマシンがむらむら発生する。アレルギーが起るのだ。

ここはフランス人の医学者が発見した山間の保養地である。軽井沢によく似た地形であるが、あんな貧乏人の背のびではない。もっともっと金がかかっている。信州や福島あたりの高原にそっくりの松林や、ススキの原や、コスモスの咲乱れる高原を走ってゆくと、松林にかこまれたこの別荘地に着く。霧の這う松林のなかにフランス人たちののこした別荘がある。鎧扉。バルコン。薔薇窓。生垣。城館(シャトウ)風であったり別荘(ヴィラ)風であったりするそれらの木立ちのなかの灯のついた赤い窓にはひめられた快楽や、洗練された情事や、手のよごれていない瞑想、透明な沈思などの匂いがある。山麓と平野にひしめくあらゆる切実なもの、もだえるもの、血を流すもの、つらくてにたにた肌にぬれてくるものなどを遮断するいんぎんな苛酷さに守られた傲慢きわまる衰弱の美が薔薇窓をふちどっている。

空気は澄んで、つめたく、朝と夜には霧が松林のなかをさまよい歩く。湖があり、ゴルフ場があり、修道院の赤い塔が木立ちに見えかくれしている。湖では水上スキーにモーター・ボート、湖畔では貸馬がのんびりと歩く。ゴルフ場の芝生の麓あたりで牝牛が二、三頭モウモウと鳴いていたらそのままチーズかバターの箱の絵になりそうな風景である。

ホテルの食堂ではベトナム人の給仕頭がいやらしいくらいたくみなフランス語を話

し、サイゴンからきた金持どもがKintamaの皺をのうのうとのばして太鼓腹をそりかえらせて食事していた。着飾った才槌頭やビリケン頭の息子、娘などを脂でにごった魚みたいな眼で満足げに見やりつつ、フランス産のぶどう酒を飲み、蒸した蟹や鱒などをいやいやつついていた。

「……チョーヨーイだな」

「チョーヨーイだよ」

「ほんとにチョーヨーイだね」

「まったくだ」

「チョーヨーイだよ」

私と秋元キャパはアルジェ産のまずい赤ぶどう酒をすすりつつ、こそこそといいかわした。これはベトナム語の〝ニチェヴォ〟であり、〝没法子（メイファーズ）〟である。腹がたったとき、どうしようもないとき、しくじったとき、こんちきしょうといいたいとき、ああ、ヤレヤレと嘆息をつきたいときにベトナム人がもらす言葉である。フッと肩で吐息をついて、〝チョー〟とのばし、〝ヨーイ〟と口のなかでつぶやくと、みごとに感じがでる。これくらいいまのベトナム人の気持を代表する言葉はない。すべてがこの一語にこもっている。絶望、憎悪、舌うち、呪い、悲痛、すべて言葉になろうとしてなりきれぬまま口のなかにおしもどされる言葉が、この吐息まじりの一語にこもっているのである。あらゆる瞬間に使える言葉なのである。

キャバレではまっくらななかで金持の息子や娘などがバンドの『おお、聖者きたりなば』にあわせ、ピッタリ体をくっつけあってのろのろと迷い歩いていた。彼らのうち金のある者は、やがて〝大学入学資格試験（バカロレア）〟をパスしてパリへ逃げるのであろう。あるいはニューヨークへ逃げるのであろう。まずくいってサイゴンにのこらねばならないとしてもしかるべきその筋へ身分証明書に札束をはさんでいけば兵隊にとられないですむだろう。東京へ逃げるというテものこっている。パリやニューヨークよりはまずいけれど、兵隊にとられるよりはましだ。田ンぼのなかで犬のように射殺されるよりはましだ。

なに。

戦争？……

そんなものは貧農の小伜（こせがれ）にまかせとけ。

兵隊にいけば食えるじゃないか。

ベトナムのカギ握る？　仏教徒

統一力を持つのは仏教徒とベトコンだけ

サイゴンでは子供たちは一日じゅうはだしで道路で遊んでいる。銭でメンコをしたり、ごみ箱のかげで昼寝したりする。人のよいアメリカ兵のガン・ベルトにぶらさがって〝ユー、ナンバー・ワン！〟とおだてたり、哀訴のネズミ鳴きでおどしたりして小銭をまきあげる。酒場の入口に群れて靴を磨く。新聞を売る。九官鳥やリスなどを鳥籠に入れてうろうろと買手をさがす。女の子たちはよくはたらく。じつによくはたらく。細い、小さな肩に天ビン棒をかつぎ、籠に砂糖キビの輪切りや米飯やモツ料理などを入れてひょいひょいと調子をとりつつ歩く。一日じゅうそうやって歩きまわっている。ベトナムではだいたい子供でも大人でも、男より女のほうがよくはたらくのではないかと思う。ダラットへゆく途中の戦略村で会った山岳民族もそうだったし、ファンランの灌漑工事現場で見たチャム族の女もそうだった。男の子のなかには女を売りつけにかかるのもいて、おどろかされる。ショロンの裏あたりの酒場へいくと十歳ぐらいのはだしの男の子がチョコマカとやってきて、〝ユー・ウォンナ・ハヴァ・ガール？〟と聞くのである。女たちはクスクス笑いながらおとなしく暗がりで買われる順を待っている。

去年のクリスマス頃によく見かけたが、アメリカ人のなかには、兵隊でも将校でも新聞記者でも、子供をひろうのがいた。泥のかたまりみたいな男の子や女の子をひろってホテルへつれてくる。風呂に入れ、床屋へつれていき、靴やシャツを買ってやったうえで、一流レストランへいっしょに食事にでかけるのである。司令部からそういう命令がだされた気配はなかった。自分からすすんでやっているのである。清教徒の〝慈善〟の伝統的気質ではないかと思う。ただしこれもやっているのは男ばかりで、女がやっているのは見たことがなかった。やっぱり女のほうがケチンボなのであろう。そんなことをしたってこの国の貧しさが救われるわけではないし、子供も救われるわけではない。ホンの一時おさえの鎮痛剤にしかなるまい。しかし、そういう私はついぞ一度もしたことがないのだ。いつも感心して眺めていた。こんな人のよいアメリカ兵がどうして殺されなければならないのだろうかとよく思った。

ところで、デモだというとまっさきに子供がかけだす。新聞の売子も、乞食少年も、

サイゴンの路上で新聞を売る子どもたち

ポンと道からとびおきてかけだすのである。徴兵反対の学生デモであろうが、法難打開の仏教徒のデモであろうが、かまうことじゃない。スローガンなんか何だっていいのである。その場その場でどんなスローガンでも叫ぶ。それがまたしたたかな働きを見せるのだ。甲ン高い、黄いろい声で、吠え、叫び、兵隊や警官をののしり、石を投げる。瓶を投げる。ここの軍隊は何かというと催涙弾をたたきこむ癖があるが、ちょっと様子がおかしいなと思うと、ちゃんと子供がどこかへ走って水やミカンを持ってくる。石油罐に水をみたしてヨチヨチと運んでくる子供を見ていると、あんまりカンがいいので、あっぱれといいたくなるくらいである。いよいよあぶないとかぎつけると彼らは石油罐をおいて、さっさとどこかへ消える。

子供とまじってデモの急先鋒になるのが、しばしばおかみさんやばあさんである。彼女らもじつによく走り、よく叫ぶ。有刺鉄線をとびこえ、兵隊の籐製の丸楯をかきわけ、走るの何のって、おどろくばかりである。彼女らがあまりすごい声で叫び、泣きもだえるので、息子ぐらいの年齢の若い兵隊たちはどうしてよいのかわからなくなる。彼女らが噛みタバコとビンロウ樹でまっ赤になった口をひらいてまくしたてはじめると兵隊たちはウンザリした目つきになって顔をそむける。ある日、サイゴンで、徴兵反対を叫んで逮捕された学生たちの軍事裁判がひらかれようとした。たちまち仲間の学生たちがサイゴン河岸に集ってきたが、なかに何人かのばあさんたちが大地にすわりこんでおんおんと泣きくずれていた。その泣きかたはひときわすごくて、身もだえしつつ大地をうち、チョーヨーイッ、チョーヨーイッとはらわたをねじるみたいな号泣であった。木もゆらげ、空もおちよと泣くのだ。すごいったらない。思わず目頭がジーンとなった。

逮捕された学生の母親たちなのであろう。息子を返してくれ。息子を殺してくれるなといって泣いているのであろう。そう思いつめて私がマロニエの木かげに佇みつくしているところへ顔見知りのアメリカ人のCBSのテレビ・カメラマンがカメラかついで汗みずくになってやってきた。彼は私から話を聞いてプッとふきだし、あわれむような顔で

「あれは本職だぜ、君。一日三十ピーぐらいで君だって雇えるんだよ。葬式の泣女なんだ」

ベトナム人の彼の通訳がそういってるというのだ。そういわれてよく見たらばあさんは手に指紋入りの身分証明書をだして泣きくずれている。念のためにそれも調べてみたが、通訳のいうには逮捕された学生たちの名のなかにばあさんの息子の名はなかったという。

そのうち学生たちが〝ダダオ！〟（打倒）、〝ダダオ！〟と叫んで町を走りだすと、ばあさんはパッとたちあがり、いまのいままで身も世もあらず号泣していたのがケロ

リと忘れた顔で、おなじように〝ダダオ!〟、〝ダダオ!〟と叫んでかけだした。その変貌の速さったらなかった。これまたあっぱれなくらいのものであった。呆れるよりも感心してしまった。ばあさんはその日一日じゅう、催涙ガスでやられるさいごのさいごまで町をかけまわって、泣いたり吠えたり、自由自在にスイッチを切りかえていた。奇妙なことであるが、彼女が泣女であるとわかってからでも、その泣声を聞いていると、どうしても目頭がおかしくなってくるのであった。とにかくたまらない号泣なのである。人間一生かかって身につけた芸はちょっとしたものだ。

共同通信の林君がどこからか走ってきて、薄赤くなった眼をパチパチさせながら、てれくさそうに

「おれ、いやになってきましたよ」

といって、またどこかへ勤勉に走っていった。そのあとを走りながら私は考えた。いったい誰が雇ったのだろうか。学生連中が昨日の晩小遣いをだしあって相談したのだろうか。吠える分までチップとしてはずんだのであろうか……

たとえば『サイゴン・デイリー・ニューズ』などはこうして女、子供を楯がわりにデモの先頭にたてるのはコミュニストの伝統的な常套手段であってきたない手口だといって非難した。それが事実であるかどうか私はよく知らない。けれど、たいていのデモを私がはじめから終りまでつきあってひきずりまわされつつ観察したところでは、

女、子供たちは自分勝手にデモにとびこんでくるのであって、泣女は別として、誰にたのまれたわけでもなかった。女、子供が面白半分のヤジ馬であることはわかりきっているが、東京、パリ、西ベルリンで私が見たデモにはこういうヤジ馬は入らなかった。むしろ民族としての経験をその背後に考えたほうが私はアタっているように思う。八十年間のフランス植民地主義をディエン・ビエン・フーに追いつめて粉砕し、ついにサン・ジャック岬から軍隊を本国に送還させたのは、じつに〝ドク・ラップ！〟(独立)の合言葉一つが武器のはだしにフンドシ一本の山岳民族であり、農民であった。六三年にこの国の人びとは老若男女こぞって町を走り、兵隊と協力してゴー・ジン・ジエム独裁体制をブッたおした。長い長い忍従の歴史から彼らはやっと知ったのだ。アメリカ人やフランス人、アラブ人やユダヤ人や中国人がちょっとまえにやったことをいま彼らはやっているのである。なせばなる、なさねばならぬなにごとも、ならぬはひとのなさぬなりけりと歌いだしたのである。この国のあらゆる現象の背後に、理解の第一歩としてこのことを考えるべきであろう。あるいは泣女の〝チョーヨーイ〟のなかにもそれがあるかも知れない。少年乞食の〝ダダオ！〟にも。ジャングルのベトコンはいうまでもない。坊さんたちの断食闘争の情熱も、また、おなじである。あらわれかたがちがうだけのことではあるまいか？……

サイゴンの下町もずっと町はずれのところにコンクリート塀でかこまれた広い空地

政府軍のデモ鎮圧部隊の目前で座禅を組む青年僧（サイゴン）

がある。入口は小さな鉄の扉であるが、空地のまんなかに粗末なバラックが建っている。鉄骨・トタン屋根のお粗末きわまるバラックである。これが反政府闘争の情熱の総本山なのである。『ベトナム国寺』という。『ヴィエン・ホア・ダオ』（化道院）ともいう。『仏法（ダルマ）研究所』ともいう。『ベトナム仏教統一普及協会』ともいう。やたらにたくさんの名がついている。バラックの床はセメント張りで、その奥に金ピカのお釈迦様がすわっている。陶製の、金ピカの、くちびるの赤い、いやにテラテラしたお釈迦様である。小さな祭壇には花、果物などと並んで焼身供養した僧たちの肖像画がかけてある。お釈迦様は五色のネオン管の光輪を背負い、赤、緑、黄の豆電球に飾られて、まるでクリスマス・ツリーみたいな恰好で瞑目している。はじめのうちは何とも奇妙な、玩具じみた、邪宗くさい、夜店の置物みたいなお釈迦様だと思っていたが、一月（ひとつき）もかようと何の不思議も感じられなくなった。これはこれでいいのだと思うようになった。金ピカの口紅ぬったお釈迦様でもそのまえで僧が無期限断食をしたり、老若男女の信徒が何千人と集って口ぐちに絶叫、号泣したりするありさまを夜となく昼となく見ていると、ある瞬間、何やら俗悪尽きて荘厳生じさえした。わが美意識はあやしく不可抗的に変貌を起した。そろそろニョク・マムが眼にもしみてきたのではあるまいか。

　サイゴンへ着いてすぐに従軍僧隊長のチク・トム・ジャック師と知りあいになった。

アン・クォク寺の住人でサイゴン大学や仏教大学の文学部教授であるチク・チェン・アン師とも知りあいになった。二人とも東京へ留学にきている詩人坊さんのチク・マン・ザック師の紹介である。チク・トム・ジャック師は中佐で、トゥ・スォン街二六番地に事務所を持ち、べつに下町に柔道学校も持っている。ハノイ出身。一九五三年、ジュネーヴ協定の一年前に日本へ脱出。八年東京に住み、仏教哲学と柔道を学んで帰国した。講道館三段である。ゴー・ジン・ジェム時代には六人委員会の一人として抵抗運動をやり、土牢にほりこまれた。どんな妙手を編みだしたのか、餓死寸前に土牢から脱出してサイゴン市内に潜伏、運動を指導した。日本の安保闘争に大いに学ぶところがあったという。まるで魯智深みたいにつよい坊さんである。風貌も精悍である。日本語はしゃべるより書くほうが得意である。柔道学校の壁には嘉納治五郎とお釈迦様と焼身供養の坊さんのあまり上手でない絵がかけてあり、赤、青、緑の豆電燈でふちを飾っている。数百人の少年少女に坐禅と仏教講話と柔道を教える。柔道をやるまえに全員でお経を合唱するのがこの学校の特長である。師の説明によると、戦乱ですさんだ少年少女の心をやわらげるにはお経がいちばんだとのことである。

チク・トム・ジャック師は毎朝九時ごろ、ときには僧服、ときには軍服で最新型のルノーに乗ってトゥ・スォン街の事務所へ出勤し、全軍の従軍僧に指令を発するのであるが、チク・チェン・アン師は哲学者であり、教育家である。彼は丸いオニギリみたいな顔をしていて、読書、瞑想、読経、書斎の独居が好きで、政治行動の埃りっぽい戦野からちょっとはなれたところにいて、一人で苦しむ性質である。早稲田大学で学び、『唯識論』なる三千枚の長大論文を三年がかりで書きあげたというおとなしい精力漢である。父君はゴー・ジン・ジェムを倒すときにフエの町角でガソリンかぶって果てた。

「……私ニハマダソノ勇気ガナイヨ。Burning Service ハ尊敬スルケレドネ。私ハマダ生キテイタイヨ。イロイロヤリタイコトガアルモノネ。私ハマダ死ニタクナイノ」

仏教徒問題が白熱化したころ、ある夜彼はアン・クォク寺の一室で、おろおろしながらそういった。連日のようにサイゴン市内には焼身供養の噂さが流れていたころである。師の寺も有刺鉄線と兵隊で封鎖され、一歩も身うごきできなくなっていた。

チャン・ヴァン・フォン内閣ができたときから『ベトナム国寺』は反対の声をあげつづけてきたのであるが、去年の十一月ごろからとくに活潑になり、十二月十六日にはチク・チ・クワン師はじめ三人の指導僧といっしょに五〇〇人の坊さんや尼さんが二十四時間の断食に入った。このころから『ベトナム国寺』は昼となく夜となく声と動きと人にみちた。空地には急造のバラックが建てられて、尼さんや青年僧が寝泊りした。薄暗い部屋をのぞいてみると、いつ見ても青い頭の尼さんたちが僧服の袖をまくりあげて手動式の印刷機をせっせとまわしていた。政府がデマばかりとばすから自分たちで速報、新聞を発行するのである。この速報はたいへん人気があって、インキと汗にまみれた尼さんが刷りあがった分を部屋からかつぎだすやいなや、いつも老若男女の信徒がワッとかけより、見てるまになくなる。

ほかに空地には炊き出し班、プレス・センター、事務室、会議室などもつくられた。仏教青年団、仏教女子青年団、仏教ボーイスカウト、大学生有志などが、あちらこちらにめいめいのテントを張って寝泊りした。彼らは熱帯の白日のなかで土埃りを吸いながら歩きまわり、いわれるままに黙々として働いた。どんなに親しくなっても指令以外のことはひとこともしゃべろうとしなかった。その統一力はみごとなものであった。ボーイスカウトの少年少女たちは長い棒を持ち、暴力団の挑発行為にそなえて警戒をおこたらなかった。私たち外人記者団には政府とはべつの通行許可証を発行してくれた。それ以外には情報局のや軍司令部のや、無数の証明書を見せても、頑としてうけつけなかった。この国には四つの政府があるようだ。内閣と、将軍たちと、仏教徒と、ベトコンである。四つのうち内閣と将軍たちはネコの眼よりいそがしく変るからお話にならぬ。仏教徒とベトコンだけが統一力を持っている。農村に浸透しているのもよく似ている。教祖的な、象徴的な一人の指導者をつくらず、何かしら集団指導制とでもいうべき態度をとっているのもよく似ている。仏教徒はベトコンに反対している。いや、コミュニズムに反対している。しかしベトコンは坊さんを殺さない。ど

反政府デモに参加するサイゴンの女子学生たち

PHẢN
ĐÀN ÁP HỌC

んなベトコン地区でも坊さんだけは丸腰で平気でのこのこ入ってゆく。だいたいベトコン兵士にしてから根は仏教徒なのである。つまり大半の農民は熱心な仏教徒なのである。前線基地へいってみてわかったことだが、政府軍の兵士も床板一つないような貧しいバラックに暮しながらも壁にはちゃんと粗末ながら仏壇をつくり、線香やお燈明を灯しているのである。

こういうことを見聞したものだから、あるとき、チク・トム・ジャック師が従軍僧司令部の事務机の向うから、政府反対の何か妙案はないものだろうかとたずねたとき、私は提案したのである。

「従軍僧を通じて全軍の兵士に直ちに武器を捨てろと号令してはどうですか。いまいるその場所で武器を捨てるのです。そして断食に入るのです。兵隊が鉄砲捨てて断食するという話はまだ聞いたことがないけれど、この国ならやってやれないことはないと思う。焼身供養よりよっぽど世界にはげしいショックをあたえられるはずです。ベトコンもこういう兵隊は射たないはずです」

チク・トム・ジャック師はうれしそうにニッコリ笑った。そして椅子からたちあがると、私のそばへ寄ってきた。タバコをすすめながら彼は私の肩にかるくさわっていった。

「私モソレハ考エテルヨ。ホントニイイ考エダヨ。ケレドネエ、マダ少シ早イヨ。モチョットシテカラネ。機会ヲ待ッテルヨ。機会ヲ待ッテルヨ」

うれしくなったので私は師と握手した。何といっても考えが一致したのを発見するほどたのしいことはない。私はすっかり自分の考えに熱中してしまった。ベトナム国軍何十万人かの兵士が一人のこらず鉄砲捨てて草むらのなかに寝そべっている光景を想像すると、わくわくした。

秋元キャパは話を聞いていった。

「ユー、ナンバー・ワンよ。その号令をだす一時間前に知らせるよう、トム・ジャックさんにたのんでくれ。それからだな。いうまでもないけど、写真はおれだけにとらせてくれよ。世界独占権をおれにくれよ、ナ」

読売新聞の日野啓三が夕方、カティナ通りをのろのろとうかぬ顔つきで歩いてくるのを見たからさっそく話してやったところ、彼はプッとふきだした。

「……君は作家だなあ。夢見る人だよ。ドン・キ・ホーテもいいところだぜ」

鼻さきで一笑するから私はじゅんじゅんと説いてきかせ、さいごに、従軍僧隊長トム・ジャック師もおなじことを考えているのだといってやった。日野啓三は鋭い批評家で、鋭い記者で、優しい抒情家であった。ちょっと顔いろをあらためて、考えこんだあとで
「まんざらホラではないようだ」

T CLUB
CHi - LĂNG

といった。
そしてつづけて、顔をのぞきこみ
「気をつけろ。国外追放になるぞ」
と心配してくれた。

記者を東奔西走させる怪情報

サイゴン、フエ、ダナン、カントー、都でも田舎でもさまざまな坊さんに会って話を聞いたが、どこで聞いても彼らの意見は一字一句ちがわなかった。そして、どういう手段によるのか、情報は電光石火の速さでつたわり、しかも正確をきわめていた。南部の空軍基地であろうと、北部のお寺であろうと、中部の陸軍病院であろうと、事情はまったく同様であった。これまたどうやらベトコンにそっくりである。政府は仏教徒のことを〝ベトコンに通ずるもの、ベトコンに煽動されたもの〟という。仏教徒の第一のスローガン『反共』にもかかわらずそういうのである。政府に反対するからである。この国の政治的論法によると、政府に反対して分裂を画策するものはすべてベトコンに通ずるものだということになるのである。ところがその政府と軍部自身がまるで月経みたいにめまぐるしく政変をやるのだから、同論法でいくと、政府自身がベトコンに通ずるものだということになってくるのである。もうちょっと同論法を拡大すれば、政府も軍部も仏教徒も、みんなベトコンに通じている、ということにもなりそうである。政府は早急に新しい論法を編みだす必要がある。

『ベトナム国寺』は〝非暴力・非協力〟をスローガンとして断食や大衆集会を開始した。彼らは断固として教義を守った。学生の群れがおなじように反政府デモをやって国寺の門前に殺到して、協力しよう、協力しようと呼びかけても、頑として閉じた鉄扉をひらこうとはしなかった。あるときは落下傘部隊が鎮圧に出動して催涙弾を投げ、群集をなぐる、蹴る、ひっぱたくの血みどろ騒動を展開した。それでも国寺は応じようとしなかった。たまりかねた青年僧の一人が寺からかけだして道のまんなかにすわりこみ、防毒マスクをつけた巨大な非情の昆虫の群れの剣付鉄砲の鼻さきで瞑目、読経をはじめた。それでも国寺は〝非暴力〟を固守してうごきだそうとはしなかった。

夜な夜なの大衆集会には五〇〇〇人から一〇〇〇〇人くらいの群集が集ってきて国寺の広い空地をギッシリ埋めた。じいさん。ばあさん。おっさん。おかみさん。労働者。失業者。娘さん。大学生。サラリーマン。工員。高校生。シクロの運ちゃん。氷売りの少女。ありとあらゆる人びとが集ってきた。暑い、むしむしした夜の底にアジアの貧しい人びとは苔のようにひろがった。彼らは何時間もじっとしゃがみこんで拡声器から流れてくる坊さんや仏教学校の校長先生の水害地報告の話などに耳をかたむ

絶食しながら祈る人々（サイゴン）

けた。ときどきワッと拍手したり、いっせいに舌うちしたりした。尼さんや大学生が速報を持ってあらわれるとうばいあいで読んだ。新聞にはこの大集会のことが一行もでない。写真もろくにでない。

チク・チェン・アン師はいうのである。

「政府がニューズを制限しているのです。仏教関係のニューズはとくに敏感に検閲するのです。歪曲、捏造もしばしばです。だから私はベトナムのラジオを聞かないで、近ごろではBBC放送を聞きます。このほうがまだ信用できます。つまりロンドン経由でサイゴンのことを知るわけです」

彼らの意見はつぎのようであった。

仏教徒はチャン・ヴァン・フォン内閣に反対します。この内閣はゴー・ジン・ジェムの血にまみれた独裁虐政に協力した人間でつくられています。理想がなく、節操がなく、国民を統一しないし、また、できません。軍事独裁のグェン・カーン政府よりまだ多くのジェミストを政府各分野に採用しています。だから当然のことながら宗教的偏見があり、仏教徒を差別待遇します。仏教徒の新聞は検閲、削除、発禁処分にしますし、仏教徒の活動を支持、または事実を事実として報道する活動を検閲、削除、発禁処分にしました。また私たちは心のなかでは、軍事独裁は幕のうしろにさがっただけで、内閣は人形として幕のうしろから操られているにすぎず、実質は軍事独裁であると思っています。軍事独裁であれ、赤色独裁であれ、私たちはいっさいの独裁に反対するのです。私たちが求めているのは真に誠実に人民のために働いてくれる政府です。利己心なく大多数者のために働いてくれる政府です。また、外国からの援助以上の過大な援助——これは干渉ではないかと思いますが——それから自由になりたい。独立したいのです。

さいきん中部地方ではひどい水害がありました。政府発表では百万人が家を失ったということです。農民は飢えかけています。そこで仏教徒が救援団を組織して農村へ米や着物や金を持ってでかけたのですが、政府はこれを好まず、制限しようとします。一つにはその地域で仏教徒が活動して勢力が強大になるのを恐れるため、もう一つは農民を助けることはベトコンを助けることだと考えるからです。農民とベトコンは誰にも区別できません。ベトコンが一人、二人、入ったか入らないかという情報で軍隊が出動し、ナパーム弾や大砲をうちこんで無差別に殺します。その結果、生きのこった農民はベトコンに走ります。私たちは農民もベトコンも差別なしに援助したいのですが政府は認めません。

アメリカUSOMの援助も農村には一定の制限があって、全体にはひろがりません。救援はすべてサイゴンの災害救済委員会の手でおこなわれるので私たちの集めた金や米をサイゴンに送りましたが、これらの物資がサイゴンから地方へ送られると、地方にゆくにつれてどんどん少なくなるのです。サイゴンでぬかれ、省でぬかれ、郡でぬかれ、目的の村につく頃にはすっかり少なくなっています。ダナンやサイゴンの闇市では救済物資のはずの毛布が堂々と売られていますよ。この国にはネズミが多いのです。多すぎるくらいです。このままだと農民はベトコンに走るか、餓死するかです。

農村へ救援にいった僧侶たちは政府軍の兵士に射殺されました。『広南省　尊盤郡清忠社』での出来事です。（筆者註・この地名はフエの坊さんが漢字でノートに書いてくれた。）はじめはベトコンとまちがったのだということでしたが、あとになるとベトコンの仕業（しわざ）だといいふらされたようです。これではゴー・ジン・ジェム時代と変らないではありませんか。このままだと仏教徒は生きていけません。

ベトナム人の八割は仏教徒ですし、人民の宗教として長い、深い伝統を持っている仏教です。人民がやせたら仏教徒がやせ、仏教徒が肥ったら人民が肥ったことになります。仏教徒のためによい政府はベトナムの大多数者にとってもよい政府なのです。だから私たちは何よりも生きていくために政府に反対するのです。かつ、真に仏教徒および人民のために働く政府を求めているのです。それも暴力によってではありません。そこが共産主義者とちがうところです。日本の新聞に私たちの声を伝えてください。私たちは日本の仏教徒を尊敬しています。アジアの仏教徒としてたがいに団結し、助けあうのがいちばんいいと思うのです。ほんとにこのことは、いつか、伝えてくだ

仏教センターでデモを行う僧侶たち

さい。

これからさきがさらにむつかしくなってくる。いちばんむつかしいことを私は聞いてみたのだ。仏教徒と解放戦線のあいだに平和共存または協力体制が生れる可能性はないのだろうかと聞いてみたのである。どうやら将軍と大臣はたがいに足をひっぱりあうか、首を洗いあうかしていて、兵士たちは完全に戦意を喪失し、田舎でも都会でも青年たちは徴兵逃れに必死になっている。金のあるのは外国へ逃亡し、金のないのは屋根裏にかくれる。そういうなかで、強大な統一力と動員力をもって氷山下の広大な農村に食いこんでいるのは仏教徒とベトコンだけではあるまいか。この二勢力のあいだに妥協はないのか？……

「……それは非常に重大な問題で、私たちは毎日考えます。けれど、結論をさきにいいますと、私たちは誰とでも平和共存したいが、共産主義者たちが共存を認めたがらないでしょう。いや、ここしばらくは共産主義者たちも私たちに歩みよってきて、握手し、やわらかくなるでしょうけれど、やがて革命が成功すれば、私たちは追いだされるでしょう。北ベトナムにそのにがい例があります」

「社会の不平等をなくし、矛盾を克服し、平和を求め、外国の干渉から独立したいと思い、貧しさをなくしたいというのが私たちのスローガンですが、おっしゃるようにベトコンもおなじスローガンです。私にいわせるとこれは仏教徒の農民を獲得するためにベトコンがおなじスローガンを使っているのです」

「アメリカがベトナムにいても困ります。いつまでも戦争がつづきますから。けれど、アメリカがベトナムからでていっても困ります。この国がなくなることになるのですから。コミュニストの言葉は美しくて大きいのですが、現実はけっしてそうではない。率直にいっていま私はどうしていいのか、迷っています」

私「共産主義もそれぞれの国の伝統や歴史によってさまざまです。いろいろな共産主義があります。さいきんはとくにその傾向がはげしい。農村が貧しいかぎり共産主義はどんなに武力で弾圧してもひろがりつづけると思いますが、ベトナムのような仏教国の場合、ベトナム独特の、仏教と握手した共産主義が生れるとは思えませんか？」

「おっしゃることはよくわかりますが、私としては希望が持てません。はじめのうちは共産主義者は宗教に対してひどくやわらかで妥協的ですが、やがて宗教を否定し、弾圧します。かならずそうです」

たった一人の坊さんだけが私のおなじ質問に対して、自分は正直いってまだ共産主義のことがよくわからないから、一度モスコーへいってみたいのだと答えた。

けれど、あの坊さん、または信徒は、ほとんど例外なく共産主義について鋭い警戒と疑いを語って、否定した。『人民のために働いてくれる政府』を求めて現在の政府を否定する情熱ははげしいけれど、解放戦線と妥協、握手、または平和共存については、みんな全的否定、または悲観的、かつ、逃避的な意見しか述べないのである。ゴー・ジン・ジェムをたおし、グェン・カーンを引退させ、現世の秩序の圧力には頭からガソリンをかぶって自殺するまで果敢な意志を示した人びとがこの点について、将来何の努力の意志をも見せようとしなかったのは、私にとっては不思議であった。何故かわからなかった。ようやくたちあがった巨人がとつぜん足を挫いてすわりこむような印象を私はうけた。

この、絶対意志的に宗教を圧殺し去る政体の〝必然の歯車〟の進行を説いてくれた人びとは、十人のうち十人までが、北ベトナムにおける例を引用した。そのうちの何人かは五四年のジュネーヴ協定後の〝自由交換〟で北から南へおりてきた人びとであって、〝私ハ経験シタノダ〟という論法で私にさまざまな挿話を話してくれた。あまり多くないそれらの挿話だけを〝事実〟として組みたててみると、例外なしに〝ホー・チ・ミン生活〟はあのオーウェルの『一九八四年』そのままになりそうであった。個人はすべて国家と政治原理という抽象体に捧げられ、生活は刑務所か軍隊のそれと異なることなく、子が親を密告し、兄が弟を監視し、政府はたえず大きな、美しい言葉で悲惨な現実を未来に賭けてかくし、かつ、ぼろぼろにやぶれた嘘(うそ)をつく。仏教教会は存在するがまったく活動を制限され、たまに訪れた外国人旅行者はよい面だけを見せられるか、たえまなしに悲惨な過去をふりかえって比較する思考法だけを強いられるというのである。つまり、〃やさしいホーおじさん〃は写真のなかで笑っているだけなのだという。誰もそれとは指摘しなかったが、要するにいまの北ベトナムは、かつてのスターリン時代、あるいはかつてのハンガリー、あるいはかつてのポーランドとおなじだということになるのであった。

私はそれらのいささか類型に堕したきらいのある挿話の群れを否定も肯定もせずに、ただ耳だけを傾けた。語る人たちはひたすら自分の〃経験〃だけにたてこもってそこから一歩もでようとしなかった。そのかたくなさに対して私は独白を対話にすすめるまで北ベトナムについて持っている知識が少なすぎるのである。事実をあげる人には事実で答えるのが第一歩のことなのだけれど、私は北ベトナムについての事実を知らなさすぎるのである。一度、機会をつかまえて、なんとかしてあの国へいってみたいものだ。

やっと南ベトナムの仏教徒にふれたばかりであるけれど、私としては、この人びとにとっての最大の試練は、やっぱり民族解放戦線との対面であろうと思う。この対面の重さにくらべると、現在進行中のさまざまなことは、はるかに軽くなるように私には思える。それは、ジャングルのなかの解放戦線の人びとにとっても同様である。アジア、アフリカ、ラテン・アメリカのこれまでの革命運動には、〃第三勢力は存在し得ない〃という原則があるもののようだ。南ベトナムの仏教徒という巨人がこの鉄則

をやぶるかどうか。それが最大の問題である。

「ベトコン、ベトコンといいますが、そのうちの何パーセントが共産主義者なのです？」

ある日、一人のベトナム人の仏教徒にたずねてみたところ、しばらく額をおさえていてから、眼をあげ、平静な口調でおどろくべきことを答えた。

「よくわかりませんが、一パーセントか二パーセントじゃないでしょうか？……」

「一〇パーセントじゃないんですか？」

「いえ、そんなにいないでしょう。一パーセントか二パーセントじゃないでしょうか」

「…………」

これまた怪聞の一つなのか？

闘争のさいごの八日間はつぎのようだった。

烈日の下、八日間のクーデター

一月二十日　午後、ヴィエン・ホア・ダオ（ベトナム国寺）で記者会見があり、チク・トム・チャウ師、チク・チ・クワン師はじめ五人の坊さんたちが無期限の断食を宣言した。昨年からの反政府運動の総仕上げといったところである。フォン首相の仏教弾圧策に抵抗するための最後的手段と見られる。フォン氏が去るか、五人が餓死するか、最後まで断固としてやるという。

白昼五〇〇〇人近い信者が集り、チャウ師の〝別れの挨拶〟に耳を傾けた。五人の僧が静かに消えてゆくと、いっせいに号泣や慟哭（どうこく）が起った。大半は野菜売りや氷売りの貧しい、貧しいおばさんたちであって、はだしのままじゃがみこみ、眼を真赤にして泣き叫ぶ。シクロ（輪タク）の運ちゃんらしい中年のおっさんもたちあがって、口ぐちに何かを叫ぶのだ。

元全学連の委員長であったという青年をつかまえて訳してもらう。あるおばさんは、これからデモをやれという。あるおっさんは、母親が死んでもオレは泣かなかったがいまは泣くといってる。また、あるおばさんは、拡声器でデモをとめられるとたちあがって、あんたがたにはあんたがたのやりかたがある、私には私のやりかたがある、だから私はこれからデモをやると、涙をまきちらして叫ぶのであった。

若い坊さんたちが入れかわりたちかわり演壇にあがって、真赤な、ぬれしょびれた大群集に向い、静かな声で、くりかえしくりかえし、暴力は固く仏教の禁ずるところであるからデモはやめて家へ帰りなさいと説いて聞かせた。群集はなかなか納得しようとしなかった。皆サンハ越南国ヲ愛シマスカと坊さんがたずねると、いっせいにワァーという。皆サンハ仏陀ヲ信ジマスカというと、ワァーという。皆サンハ坊サンタチヲ支持シマスカというと、また、ワァーという。ソレデハ皆家へ帰ッテ下サイというと、いっせいに不満のブウウッという声が起る。

そのうちようやく皆が散会しだして、例によって若者たちが国旗を押したて、デモをやりはじめた。これは若者たちばかりで、泣き叫んでいたおばさん、おっさんは、しおしおと家へ帰っていった。

落下傘部隊が出動して催涙弾を若者の群れにたたきこんだ。夜八時頃になって、やっと散った。

一月二十一日　ベトナム国寺では五人の坊さんが白い蚊帳(かや)をベッドにつるして断食している。武装警察（自動銃・ナイフ・手榴弾・催涙弾）の封鎖がきびしく、人びとは路地の出口にむらむらと集り、有刺鉄線を前にして、何時間もたち去ろうとしない。

夜になって、テイラー大使がフォン首相を強く支持したという情報が入ってくる。同時に第一軍管区のチー将軍が、橋や壁や道路などにいっさい反米スローガンを書くことを禁じ、また、すべてのデモおよび集会は無警告で弾圧すると決定したともいう。仏教徒が焼身供養をするかも知れないという情報も入ってくる。第一軍管区とはフエを中心とした北部である。ここはいつもはげしくて熱い。

一月二十二日　従軍僧隊長のチク・トム・ジャック中佐が電話をかけてきたので事務所へかけつけた。たどたどしい日本語でジャック師は私の耳もとへ

「今日、午後、面白イコトガ起ルヨ。坊サンガデモヲシマスネ、スグ行クトイイヨ」

「どこでやるんですか？」

「アメリカ大使館ダヨ」

「ほんと？」

「ホントニヤルヨ」

テイラー大使がフォン首相支持にまわったので、この圧倒的な力に対抗するにはデモをするよりほかないと昨夜会議できめたのだという。私は昨年十一月からベトナムに来て、何度となく仏教徒の反政府集会を見てきたが、つねに〝非暴力〟の教義によってデモは厳禁されてきた事実を見ている。昨日もそうであった。激昂する群集を坊さんたちはそのたびそのたび必死におさえてきたのである。それを、ついに、今日、やぶるというのだ。

デモは敢行された。アリ一匹這いこむすきもないくらい、落下傘部隊や武装警察で固められたアメリカ大使館前に、とつぜん、まったくとつぜん、約二百人の坊さんと尼さんがあらわれたのだ。彼ら彼女らは、ことごとく黄衣をまとっていた。熱帯の白

昼の日光のなかでは眼にしみるくらいあざやかな色彩の氾濫であった。

『宗教的平等と自由と民主主義をわれらに与えよ』

『われらは心と精神とベトナムの統一を求める。いかなる分断政策も反人民、反仏教的である』

『アメリカはわれらのよき友である。われらにアメリカを〝敵〟と見させるような政策は即時停止して頂きたい』

ベトナム語にまじって眼につく英語のプラカードをうろうろと読んでまわっているうちに、消防車がやってきた。剣付鉄砲に防毒マスクの武装警官隊がじりじり、じりじりと迫ってくる。とつぜん手に手に催涙弾が投げられた。黄いろい煙があちこちでもうもうとたちあがる。

あらかじめ坊さんや尼さんたちは、このことを知ってハンケチを水でぬらしたり、ミカンのきれっぱしをにぎったりしていた。なぜか知らないがミカンの酸っぱいのを眼にぬるとガスが防げるというのだ。ここでデモがあると、きっと、どこからか、ミカンを配給するやつがあらわれて、チョコマカと走りまわるのである。ふしぎなくらい敏捷だ。

黄煙に眼と鼻とノドをやられて泣きながら走りだそうとしたが、そのとき、尼さんたちが、いっせいにうずくまるのが見えた。青年僧たちも、いっせいに、うずくまった。青い頭と黄衣がアスファルトにうなだれ、しゃがみ、とけようとした。私は胸をうたれた。彼ら彼女らは、一言も抗議の声をあげることなく、ひたすら〝非暴力〟の教義を死守して、ただ黙々とうなだれて大地に伏した。ひたぶるな、いじらしい、従順な、しかし必死なその態度に、私はうたれた。もうもうとたちこめる黄いろい毒ガスのなかで叫びも吠えもせず、ただヒシと顔を蔽って大地に伏せようとするのであった。このデモは〝暴力〟ではない。たしかに彼らのつぶやくごとく、〝積極的な《非暴力》行動〟であった。その寡黙な従順さに私は感動した。信頼しようと思った。

けれど、いがらっぽい科学は容赦することがない。毒ガスがゆるゆると風になびいてブールヴァール（大通り）いっぱいに広がると、さしも忍耐強い坊さんや尼さんもいっせいにたちあがって走りだした。涙と咳と胸の疼痛で私も眼がくらみ、ハンケチで顔を蔽いながらあてもなく走った。ひとたまりもなくデモは崩潰した。泣声。叫声。兵士の怒号。なぐる。蹴る。血みどろの若者のおびえた顔。家畜のように軍用トラックへ投げこまれる人びと。蒙昧（もうまい）な政府の兇暴な武器によって血を吐くほど咳きこむ尼さんたち……

逃走しながら一団を結成した若者の群れの先頭について、いつのまにか、私は走っていた。彼らの走るままに眼をふきふき走っていった。これはいつもデモのたびに見かける少年たちの群れであった。刃物のように閃（ひらめ）き、犬のように吠え、風のように走

1月22日、アメリカ大使館への抗議デモ

る少年たちであった。彼らは〝ダダオ・チャン・ヴァン・フォン!〟(打倒、チャン・ヴァン・フォン!)と口ぐちに叫びつつ、どうやら勉強よりは喧嘩に強いらしい小さな額に汗の玉を浮かべつつ白昼の街路をかけまわった。アメリカ文化センターの窓へ手に手の石を投げた。警官をのせたトラックに彼らが吠えかかると警官たちはうずくまり、一目散にトラックは逃げた。しかし、市場前の広場にくるとカービン銃に鉄カブトの落下傘部隊が軍用車(カミヨン)からとびおりて肉薄してきたので四散した。

夜、情報が電線をつたってホテルの部屋にやってくる。チャン・ヴァン・フォン首相がラジオ放送で声明をだしたという。本日の暴動は内政混乱をめざす共産主義者の戦術戦略に踊らされた一部極端論者のつくりだしたものであり、彼らは暴力団を金でやとって、頭を剃らせ、僧衣を着せて、暴動を起させたのだという。ひどくおとなしい〝暴力〟団もあったものだ。ひとまず疑いの酸で腐らせてみよう。それでものこったものがあれば、考えなおしてみることとしよう。

一月二十三日　朝十時半にチク・トム・ジャック師の事務室へいったら、『菩提(ぼだい)仏教学校』というところで、いまデモをやってるという。また、今朝早く、断食僧を見舞おうとして群集が警戒線を突破してベトナム国寺になだれこんだところ、軍隊が約二十発の催涙弾をたたきこんだともいう。この群集は泣きながら逃走した。けれど仏教学校ではチク・チェン・ビンという坊さんの先生が政府に抗議して割腹をはかったが果せなかったので、やにわにナイフを眼につっこんで、目玉をえぐりだしたのだそうだ。こんな政府なんか見たくないと叫んだのだそうだ。

あわててホテルへもどり、秋元キャパと二人でショロンに近い菩提仏教学校へかけつけてみたが手おくれだった。例によって兵隊と警官が有刺鉄線を張りめぐらし、学校はヒッソリと静まりかえっていた。フランス語を話す警官がいたので、どうなったのだと聞いたら、すべて終ってしまった、生徒たちは家へ帰されたという。

ベトナム国寺へいってみたが、声と人と足音にみちみちてハチきれそうだった先日までの面影はなく、煮えたぎる白い日光のなかにバラック小屋が静かに仮死しているばかりだった。何人かの少年僧や青年僧が朽木（くちき）のように佇んだり、影のようにのろのろ歩いたりしていた。五人の僧は白い蚊帳のなかで眠り、少年僧たちが、黙々とウチワであおいでいる。

チク・チェン・アン師のアン・クォク寺へいってみたが、ここも有刺鉄線と兵隊。記者証やなにやかやを見せて叫ぶが、いっこうにラチがあかない。しようがないから旧日本帝国陸軍のまきちらした「ジョートー」、「ジョートー」（上等）を叫んでみたが、やっぱり通してくれなかった。帰ろうとして歩きかけたら、はだしの子供が一人こっそりかけよってきて、肘をつつく。ついてこい、ついてこいと眼で知らせる。路

ベトナム国寺で断食する僧侶たち

地から路地へつたい歩きしていくと、ヒョイとお寺にでた。とたんに子供はどこかへ消えた。

　チェン・アン師の部屋に入ってみると、薄暗いなかに一人で椅子に腰をおろしていた。眼が赤くなっている。師は静かな口調で昨日以来数百人の僧、尼僧、学生、信徒らが逮捕され、指導僧もまた検挙され、自分もこの部屋から外へ一歩もでることができなくなったと語った。宗団は潰滅にひとしい打撃をうけたようであった。英語と日本語で状況を語り終えると、師はうなだれた。茫然と顔をあげた。ふるえ声で、師は、つぶやいた。

「……コノ民族ハドウナルノデスカ。ドコへ行クノデスカ。私ニハワカラナイヨ。ヨイ政治家ハ一人モイナイネ。仏教ガナクナルト、コノ国モナクナルヨ。私ハ刑務所ニ早ク入ッテシマイタイヨ」

　ひそひそとつぶやいて師は泣いた。

　少年僧が一人ひっそりと入ってきて、師に別れを告げた。これから何人かの仲間といっしょにサイゴン市場の広場へデモをしにゆくという。市場は兵隊で固められ、アリの這いこむすきもないので、みんなは群集にまじって町角のあちこちですきを狙っているようだという。一人でも、二人でも、たとえその場で逮捕されるにすぎないとしても、やってみますといって、静かに出ていった。質朴で、清潔そうな少年僧であった。

サイゴン市場へでかけ、秋元キャパと二人で午後の三時から夜の八時まですわりこみ、待ちに待ったが、とうとう誰も這いこめなかった。いまに割腹が起るか、いまにガソリン罐を持ってかけこむ僧があらわれるかと、待ちに待ちつづけたが、小さな円形広場を占めた二個小隊の兵と武器の群れは誰にも突破できなかった。夜おそくになって、もう一度、警戒線をこえ、アン・クォク寺へもどる。一つの約束した用件があったのだ。この人たちは、もう、指一本うごかせなくなった。してあげられることといえば小さなことしかなかった。

一月二十四日　チク・チェン・ビン師がえぐりだしたのは左眼であると判明。師は菩提仏教学校からただちに病院へ運ばれた。

治安当局の発表によると、デモ学生のうち男子学生はブタ箱へほうりこみ、女子学生は籐のムチで三度打ってから釈放するとのことである。

フエで四、五百人の学生がアメリカ文化センターへデモをかけ、『マクスウェル・D・テイラー大使を本国へ送還せよ』というスローガンをかかげ、図書室に乱入。本を焼いた。その数は五〇〇〇冊から六〇〇〇冊に達するであろうという。

ベトナム国寺の周辺の民家が一斉検挙。大きな軍用車を持ってきて手あたり次第にあたりの人びとをひっつかまえてほうりこみ、運び去るのだ。まるでブタやヒツジだ。パリで見たデモとおなじだ。東京もそうだった。ただ私は、ここでは兵士たちは無実の善男善女をいじめているあいだだけは、デルタの水田で殺されなくてもすむのだから、少なくともそれだけは幸福であるといえばいえるだろうとも思う。デモがなければ彼らは水田へ追いやられ、〝自由のために〟死んでゆく。追う人間も追われる人間も不幸だ。陳腐な、短い言葉を私は書いている。大状況の原則に圧倒されている。

一月二十五日　サイゴン市場を爆破しようとした十八歳の少年が逮捕された。数ポンドの爆薬に爆竹の導火線をつけ、〝正月用の贈り物〟に見せかけて桃色の紙で包んでいたという。情報によると、この少年はコミュニストに煽動されて市場を焼くか、少なくとも恐慌をあたり一帯につくりだすのが目的であったというが、詳細は不明。

チャーチルが死んだ。

テイラー大使がジョンソン（アレクシス）副大使といっしょにチャン・ヴァン・フォン首相と会談しているという。その情報のあとで同氏はグェン・カーン将軍と会っているという情報が入った。また、ファン・カク・スウ元首、フォン首相、グェン・カーン将軍の会談もあったという。いっぽうカーン将軍はベトナム国寺に秘書を走らせて何か密書を送った、という情報も入った。〝大物（ビッグショット）〟たちがこの二、三日、しきりに右へ左へ走りまわり、ヒソヒソ声で話しあっている。私にはさっぱりわからないが、どうやらカーン将軍が〝若きトルコ人〟ども（青年将軍）と結託して仏教徒たちの反政府運動を利用して政府を乗っ取ろうとしているのではあるまいかと思う。ベトナム国寺へ密使を遣わしたのは仏教徒と妥協するためではないかと思う。

チク・トム・ジャック師をサイゴンじゅうかけまわってさがしたあげく、柔道学校でようやくつかまえた。ヒソヒソ声で何をやってるんですと聞いたらヒソヒソ声で「血ノ出ナイクーガアルカモ知レンヨ。私ハカーン将軍ト相談シタネ。将軍ガ実行シタラ信ズルヨ。実行スルマデ信ジナイネ」

といったきり、それ以上はどうしても説明しようとしなかった。くさい。どうやら〝宮廷革命〟が起る気配だ。時間の問題のようだ。くさい。くさい。くさい。何が何やらわからないが、とにかく、くさい。

サイゴンの町の人びとは、いま『テット』（正月・旧暦の正月・二月二日から）を迎えるのに大いそがしである。いたるところに『正月！　正月！　正月！』と書いた横幕がぶらさがっている。飾り窓にはフランス香水、アメリカ製ライター、日本製トランジスタなどが山積みになり、金、銀、青、赤の豆電球が輝やいている。ブールヴァールには露天商人の荷が積まれ、花市場には菊、カーネーション、桃、梅、水仙、薔薇(ばら)の花などがあふれている。料理店やキャバレでは金持の商人や高級官吏が笑いくずれ、フランスぶどう酒やシャンパンで乾杯をしている。少年乞食はアメリカ兵の腰にぶらさがる。酒場の女たちは口ぐちに叫びかわしている。

「ユー、ナンバー・ワン！」

「OK・OK……」

「レッツ・ゴー！」

奇妙な国だ。一日二百万ドルをアメリカにつぎこんでもらって郊外の木と泥のなかでは毎夜毎夜死闘がくりかえされているのに、この都の、まあ、輝やかしいこと、繁栄ぶり、戦争があってはじめて豊富になる都、ネオンと香りの閃き、何がどうなってこうなったやら！

私はホテルのベッドで秋元キャパとコソコソ話しあった。

「グェン・カーンが乗ッ取りをやるぞ」

「そうらしいな」

「忘年会にクーデターをやるつもりらしいんだ」

一月二十六日　川向うのジャ・ディン地区で坊さん、尼さん、学生たちのデモがあった。情報が入ってかけつけたが、少しおそかった。六、七十人が逮捕され四台の軍用車で運びさられたという。美術学校前の広い道になじみの催涙弾の殻が数個ころがっていた。

中部のニャチャンで数百人のデモがあり、県庁前で一人、焼身自殺をとげた者があった。十七歳の尼僧であるという。

トム・ジャック師をさがしたが会えないので、チェン・アン師に会う。途方に暮れた顔つきで、いったいどうしたらいいんだろうと聞くから、先日トム・ジャック師に話した案をくりかえした。全軍の兵士にただちに武器を放棄して断食に入れという大号令を発したらいいという案である。この国の軍隊ならやってやれないことはあるまいと私は思いこんでいるのである。

チェン・アン師は、しきりに膝をたたいて、いい考えです、いい考えですと感動する。会議に提案してみたいともいう。けれど彼はお寺の二階の一室から一歩もうごけない。

サイゴンの米軍総司令部の屋根裏で数ポンドの時限爆弾が二発、十分間隔で爆発した。ベトナム国でいちばん警戒の厳重な総本山がやられたのだ。

一月二十七日　トム・ジャック師から電話があったので事務所へかけつけたが、すでにどこかへでかけたあとだった。ガッカリしてホテルにもどった。

十一時すぎに岡村昭彦がとびこんできて、チャン・ヴァン・フォン首相がグェン・

カーン将軍に蹴りだされたという。『ライフ』の特派員が教えてくれたというのだ。

「まア、二カ月か三カ月もてばいいほうだな。また学生やインテリが軍事独裁反対といって騒ぎだすさ。おれは下宿へ帰って寝てるよ。何かいい情報を聞きこんだら教えておくれ」

そういって彼はマレー熊そっくりに肩をふりふりノソノソとゴム草履を鳴らして帰っていった。

秋元キャパと二人でベトナム国寺へかけつけたら、チェン・アン師がオニギリみたいな顔に笑いをいっぱいうかべてかけより、握手の手をさしだしてきた。

"That's good for you. ……!"（よかったね）

"Yes. Thank you."（ありがとう）

チェン・アン師は力いっぱい私の手をにぎったが、よろこびながらも、何かハズミのたりない顔をしている。物かげへつれこんで聞いてみたら、ひそひそと静かに、フォンが去ったのはいいけれど、グェン・カーン将軍には大きな疑いを持つので、あまり楽しくないという。六三年にゴー・ジン・ジェムを倒したときのような喜びとくらべたらとてもお話にならないというのだ。

チェン・アン師が通訳になって、断食中のチ・クヮン師と話をした。チ・クヮン師は策謀にみちた闘将として有名な人物であるが、頬も眼もゲッソリとくぼんでいた。

仏教徒を迫害する政治がかならずベトナム国では失敗するものだという事実が全人民と世界に知れわたったことが重要なのですという旨のことを低い声で述べたあと、よろよろとベッドへもどっていった。兄弟三人が逮捕されたという家の人が、ベッドによこたわった、体重二十五キロになってしまったチク・トム・チャウ師の肩にとりすがって、うれしさのあまり泣きくずれていた。

「……涙ガ私モ止ラナイヨ」

チェン・アン師はそういってこぼれる涙をコーヒー色の僧衣の袖でぬぐってみせた。午後になって断食僧たちは別室に移された。それを一目でも見たいものだというので、老若男女がぞくぞくとつめかけてきた。疑惑にみちた新しい未来が、砂をかむような未来がはじまったのであるが、とにかく、このようにして、サイゴンをふるわせた八日間は暑い日光の輝やきのなかで息を静かにひきとり、中間劇は幕をおろしたのだった。仏教徒と新政府の蜜月がいつまでつづくかは、誰にもわからない。カーン将軍はふたたびアゴひげをのばしはじめている。軽薄で悲しいサイゴンは正月準備に夢中である。

ベトナム人の〝七つの顔〟

ベトナム人はユーモアが好きである

ビエン・ホアのマイ・A・某は四十四歳の仕立屋である。なかなかのスキモノであった。女房があるのにほかの女に懸想した。

彼女チャン・チーは五人の子持ちの後家(ごけ)さんであるが、しっかり者で、はたらき者であった。三十一歳。よく陽にむれたパパイヤのように甘く熟(う)れきっている。

仕立屋はあれこれと工夫こらしていいよるが、後家さんはどういうものか頑張っていて、いっこうに色よい返事をくれぬ。ばかりか、近頃は道で会ってもツンと顔そむけて見向いてもくれぬ。

業(ごう)を煮やした仕立屋は、ある日、妙案を思いつく。正攻法でだめなら奇襲はどんなものであろう。ひとつおどかしてやれ。夜がくるのをじっと待ち、顔いっぱいに白粉(おしろい)

をぬったうえ、全身白装束に固める。仕立屋だからそこはお手のものである。そろりそろりと闇にまぎれて家をでると、村はずれの竹藪のかげにしのびこむ。やがて後家さんは市場で商いをおえて夜道をもどってくる。

ひゅうッドロドロッと叫んでこの恰好でとびだせば、きっと彼女は幽霊だと思って気絶するにちがいない。そこで白装束ぬいで助け起し、介抱してやれば、ずんと点が稼げるにちがいないと仕立屋は思ったのである。女が藪にさしかかったところを見はからい、一、二、三。わッととびだし、何やらおどろおどろと声をあげた。

「チョーヨーイ!……」

気絶するはずの後家さんはひとこえ叫んでとびすさると、天ビン棒逆手(さかて)にとって、やにわに仕立屋にうってかかった。これはしたりと思うまにお化け衣に足をとられてひっくりかえった。そこをめがけて後家さんはわッととびつき、わめく、叫ぶ、ひっかくの大騒動。村いっぱいにキンキン声をひびかせる。

たちまち村人がランプ手に手にかけつけてきた。そのなかに女房のまじっていたのが仕立屋の不幸であった。すまない、すまないとあやまるのにたちまち女房はわめく、吠える、ひっかくの大騒ぎをはじめた。村の仲間はやんやと笑いどよめく。とうとう仕立屋は髪の毛つかんで家へひきずっていかれた。

南国の夜は九時であった。

ベトナム人は寛容であり、短気である

二人の男が一人の女とかわるがわるねんごろになって、とうとうさいごに大喧嘩をし、へとへとになるまでたたかったという話。

チュク・ジャン県のレ・チ・N女は村の市場で砂糖キビやバナナを売って暮しをたてていたが、頭がいいのと器量よしで評判であった。虫のつかぬはずがない。二人の男がいいよってきた。

彼女は途方に暮れたが、貧しいうえに南部気質をたっぷり持ちあわせていたので、二人ともに愛をめぐむことにした。男たちによく説いてきかせてやったところ、これまた南部気質であったので、話はうまくついた。男たちは小犬のように納得し、満足した。

三人は平和に一つの皿からスープをすくいあった。枕が目印となった。頭のよい、気だてのいい彼女の考案である。毎日市場へでかけるまえに彼女はその夜仲よくしたいと思う男のベッドへ枕をおいて合図することにしたのである。

三人の生活はほがらかで、愉快で、みんながめいめいの立場に満足する完全円であった。ところが、一月十九日の夜、一人の男が自分の順番だと思ってレ・チ・N女の

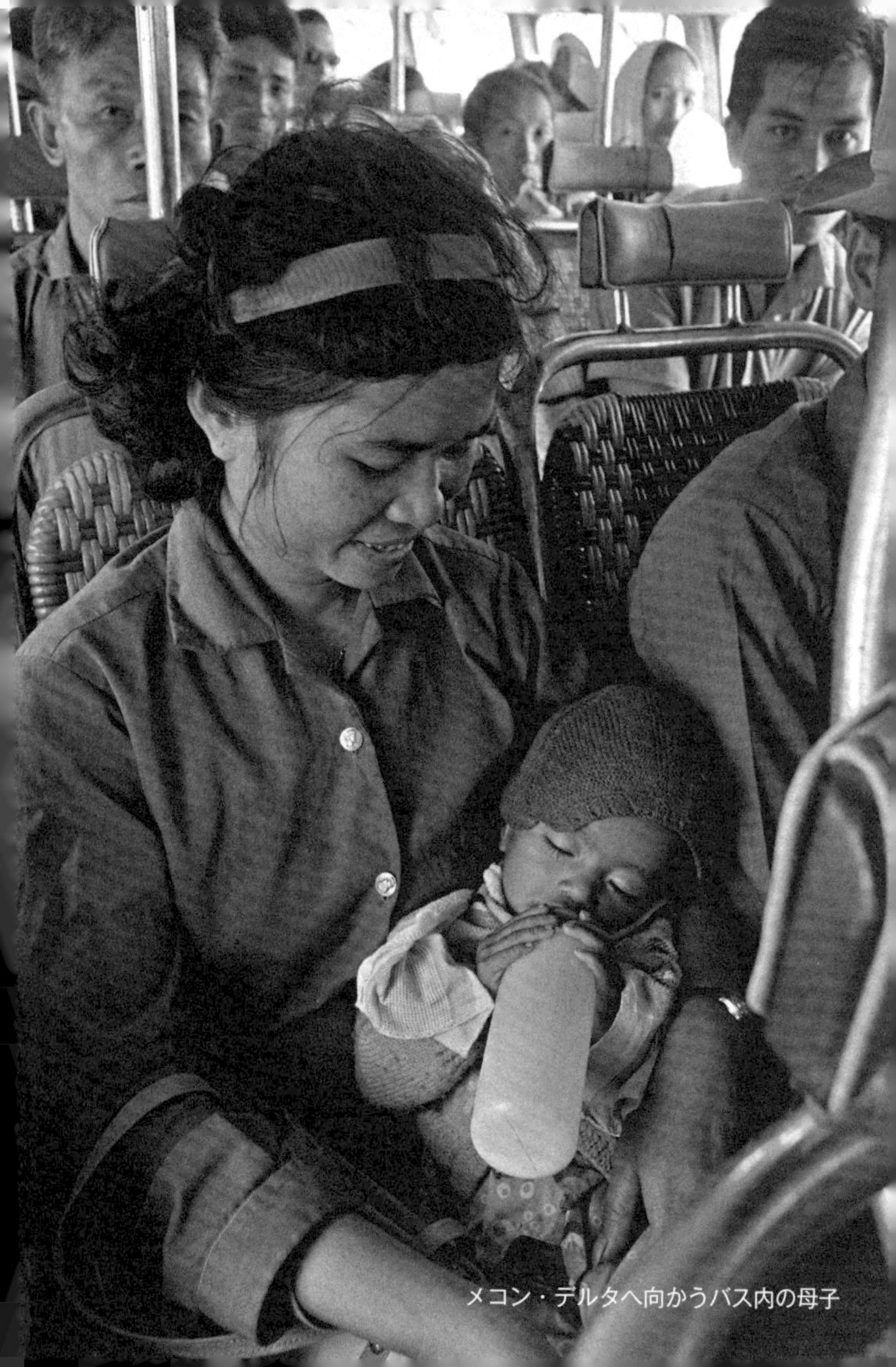

メコン・デルタへ向かうバス内の母子

家へきてみたところ、枕は別のベッドにおいてあった。男はたいへんびっくりし、女をつかまえて問いただした。女は知らないという。自分の知らないうちに枕はうごかされたのだと主張してゆずらなかった。

二人の男は口喧嘩をはじめる。おめえのしわざだな。こきゃあがれ、すけべいめ。なにを、じんすけめ。お、お、お、いうたな。ああ、いうた、いうた、じんすけやろう。たちまち二人はちゃんちゃんばらばら砂埃(すなぼこ)りの大立回りとなった。腕、指、爪、足、踵、石コロ、棒きれ、煉瓦、炭、鍋、金槌、まな板、釜、皿、茶碗、土瓶、草履、天ビン棒、蚊帳、枕、椅子など、手あたり次第に投げあってたたかった。

警察の報告によると、「さいごには右のものを左へうごかす元気がなくなるまで同二名は争闘いたし」とある。

ベトナム人の十七歳には、すぐ火がつく

このあいだ仏教徒の反政府断食闘争があったとき、ニャチャンの県庁前に一人の若い尼僧がすわりこみ、頭からガソリンをかぶって〝法難打開〟のため焼身供養を敢行したが、彼女は十七歳であった。

バク・リュウのレ・チ・キム・スエン嬢は十七歳の女学生であったが、継母と口論

ばかりしていた。ある日、学校から帰ってくると、何が原因なのかわからないが、いつものように口論がはじまり、継母は彼女の頰をはげしくうった。夜になるのを待って彼女は裏庭へでると、服をケロシン油に浸して火を放った。村人が焰を見てかけつけたときはすでにおそかった。彼女は病院へ運ばれ、そこで夜半に死んだ。

ビエン・ホアに住む十七歳の女学生ルオン・チ・P嬢は村でもかねてからおとなしくて、善良で、無口な美少女として評判であったが、ある日、彼女が読みふけっている本を父親が覗いてみると、ひどい挿画入りの猥本であった。こちらへわたしなさいというと、彼女は道へ走ってでた。父親はそのあとを追っかけ、髪の毛つかんで家へひきずって帰ると、柱にくくりつけて頭を丸坊主に剃った。父親は堅固な儒教信者であった。あとでしらべてみると、彼女の学校鞄からは十二冊ちかい猥本がでてきた。父親は一冊のこらず火のなかに投げた。

ベトナム人は命を粗末にする

ガソリン自殺はゴー・ジン・ジェムの悪政打倒に坊さんたちが追いつめられたあげくの最後的手段としてとりあげた手段であったが、近頃ではずいぶん地方でも流行しているようである。

このあいだもヒュウ・チェン県のフォク・ルゥ村で、新婚五日めの若夫婦が、夜暑いので窓をあけはなして寝ていたところ、何者かが窓からガソリンをそそいで火を放つという事件があった。若夫婦は絶叫してのたうちまわったあげく、焼死してしまった。犯人は誰か、いまだにわからない。

ガソリンと同じくらい手軽に使われるのが手榴弾である。これは水道管に自転車のチェンやボルト、ナットなどを火薬といっしょにつめたらあっけなく作れるものらしいが、しばしばアメリカ製のＭＫ―２型も使われる。その気になれば、すぐ入手できるものらしい。ベン・キャット守備隊でヤング少佐がひそひそ声で話してくれたところによると、ベトナム兵は金に困ると弾丸をベトコンにこっそり売りつけるというのである。そして翌日、作戦にでて、自分の売った弾丸で自分が殺されるという。

だいたい兵隊たちが神経に短絡（ショート）を起しているのだ。昨年あったことだが、つまらぬことで一人の兵隊が新聞売りと口論をはじめた。兵隊は口論に負けた。彼はすぐ兵営にもどって手榴弾を持ってくると新聞売りに投げつけて殺してしまった。これはサイゴンの話である。また一人の兵隊はバクチに負けて手榴弾を投げた。すばやくたちあがってドアを外からしめたつもりであったが、しめおくれて、自分も死んでしまった。ダマしたやつも、ダマされたやつも、みんな死んでしまった。

一月三日のことであった。サイゴンのバン・コ街で二組のチンピラどもが出入りをやり、とびだしナイフをギラつかせて喧嘩した。ボッチャン組がフーテン組に負けて路地裏へ後退した。それを援護するためボッチャン組の一人がMK―2型を一発投げた。フーテン組のやつらにはあたらず、何も知らない通行人五人が重傷を負い、トラックが一台大破した。いつものように警察は無能で、一人もつかまえることができなかった。

去年の十二月八日のことであった。三十八歳の地方軍兵士ゴー・デュクは二十八歳のチャン・チ・ノイ女と前日、借金のことでいい争いをやった。ノイ女は勝気な女であったので、口論の末に、貸した金すぐ返せと叫んでゴーをなぐった。翌日、日曜の午後、ノイ女が四人の子供といっしょに昼御飯を食べているところへゴーがあらわれ、手榴弾を一発たたきこんだ。ゴーは即死し、騒ぎにかけつけた近所の女とその五歳の子供が重傷をうけた。ノイ女も即死し、子供たちも死んだ。四歳の子供が「おとうちゃん、おとうちゃん」と二、三分間呻いていたが、とつぜん死んでしまった。

ベトナム人には三つの性格がある

ある日、キャプ・サン・ジャックの海岸で私（筆者）は一人のベトナム青年から話を聞かされた。彼は北のハノイ出身で、五四年のジュネーヴ協定以後、家族と別れて南へおりてきた青年であった。いまはサイゴンに住んでいる。祖国が再統一されたらふたたび北のハノイへもどりたいという意見をつよく述べた。

「いつこの国は再統一されるのですか？」

「それはわかりません。おそらく誰にもわかりません。けれど私はとにかく北へ帰りたいと思っているのです」

優しく微笑しながらもつよい声で彼は私にそう答え、ひとしきり話したあとで、静かな渚沿いに去っていった。

フランス軍とベトミン（註＝越南独立同盟）軍が激烈な闘争を展開していた頃、青年はハノイの医学校に籍をおく医学生であった。〝ドク・ラップ！（独立）〟の叫び声がインドシナ半島全土を蔽いつくしていた。青年は医学校を去ってジャングルにもぐりこみ、軍医としてはたらいた。毎日毎日負傷兵が血と膿汁の洪水のように森のなかへ運びこまれたが、薬もなく、メスもなく、繃帯もなかった。手に入るあらゆる道具を使い、青年は汗みずくになってはたらいた。

足を切るときは大工のノコギリで肉をひいた。切口の骨を丸めるのにはふつうのヤスリでゴシゴシとやった。すべて麻酔薬なしである。切開手術で血管をとめるのには洗濯バサミを使った。繃帯がないので、一人の兵隊が死ぬとすぐに死体から布を剝がしてつぎの兵隊の傷口に使った。よくよく繃帯がなくなると、バナナの葉を使ったこ

キャプ・サン・ジャックの海水浴場のバー

ともあった。この国ではバナナの葉はすべてのものを包むのに使う。十人の負傷者のうち、どんなに不眠不休ではたらいても、七人か八人かはきっと壊疽を起して、死んでいった。熱帯のジャングルは雑菌にみちみちている。負傷したら、まず、さいごであった。

ずいぶんたくさんの人間が独立戦争で負傷し、いまもなお毎日負傷しつづけているはずなのに、街に癈兵の乞食をあまり見かけないのはどういうわけだろうかと、私がいまだに眼のうらにのこっている敗戦直後の大阪や東京の街頭の癈兵の群れのことを思いだしてたずねると、青年は、両手をあげた。

「……壊疽で死んだのだと思います。みんな死んでしまったのです。社会福祉施設なんてこの国にはないのですから、そう考えるしかありません」

ひとしきりそのように苛烈な話を平静な口調でつづけたあと、青年は話題をかえて、つぎのような話をしてくれた。

「……ベトナム人には三つの性格があるのです。北部、中部、南部です。この性格のちがいがいろいろな問題の奥にあると思いますね」

彼のいうところによると、こうである。ふつうベトナムには三つの性格が地質や資源や気候などによって作られていると考えられる。ハノイを中心とする北部、ダナンを中心とする中部、サイゴンを中心とする南部の三つである。

北部人は勤勉で、忍耐心に富み、思考が計画的である。組織力もゆたかで、団結力がある。けれど、自制心がつよく、なかなかハメをはずさず、口が上手で、手のこんだもののいいかたをする。

南部人はお人よしで、怠けもので、情熱的、衝動的であり、心で考えていることをすぐ口にだす。率直でもあり、軽薄でもある。親切で、おおまかで、おだてにのりやすく、気前がいい。

中部人はこの北と南のあいだをふらふらゆれている性格である。一つの特長としては、海と山にはさまれてたいへん貧しいから、おそろしくケチンボだといえようか。中部人のケチンボについては諺があるくらいだ。『木の魚を見て飯を食う』というのである。木でつくった魚を横目で見ながらちょいちょいと御飯をかっこみ、それで魚を食べた気になるというのである。

「……だから」

と青年はいう。

「もしここで労働ストをひとつの会社でやったとしましょうか。指令をだして計画をたてるのはきっと北部人ですよ。デモの先頭にたってビラをまいたり旗をふったりするのは南部人です。中部人はあっちへいったり、こっちへいったりします。彼らはベトナム風に徹底的にたたかいます。そのあげく、負けたら、クビを切られるのは南部

朝の登校風景（フエ）

人で、北部人は会社にのこって出世しますよ」

「中部人はどうなるんです?」

「さあ。よくわかりませんが、クビも切られず出世もせずというところじゃないでしょうか……」

ベトナム人の心は複雑で、ベトナム人自身にもよくわからない

サイゴンの大きな洋書店に入って本をさがしていると、日本人だと知られたらときどきあることだが、一人の青年に話しかけられた。流暢で正確な英語を話し、身なりは富裕ではないが、読書で削られたらしい額と、内省で深められ弱められたらしい眼と、小さな白い歯を持つ青年であった。

彼は本をさがしながら、ひくい、やわらかい声で、私が日本人であるかどうかをたずね、日本人だと答えると、いつからベトナムへ来ているのか、また、ベトナムで何をしているのかというようなことを、おずおずと聞いた。ソウル・ベローの『ヘルツォグ』という新刊本はないかと眼でさがしながら私が答えていると、とつぜん青年がたずねた。

「ベトナム人が理解できますか?」

とまどいながら、私が答えた。

「来たばかりのところだし、ベトナム語はできないし、さっぱりわかりませんよ。子供が『ナンバー・ワン』とか、『ナンバー・テン』というのはわかりますけれど……」

青年は静かに苦笑した。ベトナムの子供たちはカタコト英語をおぼえ、なんでもかんでもいいものは「ナンバー・ワン！」と叫び、なんでもかんでもわるいものは「ナンバー・テン！」と叫ぶのである。毎日いたるところで耳にする声である。それと、フランス植民地時代の「サ・ヴァ」にかわる「O・K！」という声。正直いって私にはそれだけしかわからないのである。

とつぜん青年は私の顔をまじまじと正視し、眼の中を覗きこむようにして
「外国人にはとてもむつかしいのです。ベトナム人の心理はもつれあっていて、複雑きわまるものです。もう二十年間もつづけざまに私たちはありとあらゆる種類の恐怖を味わってきたのです」

口早に、熱をおさえながら、青年はひくい声で
「ありとあらゆる種類の恐怖です」

そういって、私がそこのキャフェでちょっと一杯何か飲もうじゃないかといいかけたのに、くるりと背を向け、店をでていってしまった。

去りぎわに、口のなかで、彼が

メコン河の渡し

THAO NAM SON
DUONG THAI

「……私たち自身にもよくわからないのですよ」
とつぶやいているのを聞いたような気もする。何故か、それだけいうと、逃げるように去っていってしまった。

ベトナム人には、こんなことが起る

これは〝物語〟としてはよくできている。できすぎるくらい、よくできている。事実として発生したことではあるけれど、あまりよくできているのでここへ書くのにいくらか気がひけるくらいである。けれど、この国にはこういうことは容易にあり得るのだということだけは信じて頂きたい。

昨年十二月三十一日のことだった。バク・リュウで一人の若い女が自殺した。家の裏庭に丸太を積み、ガソリンをかけて火を放ち、とびこんだのである。

彼女グェン・チュー・ハンは二十三歳で、夫もあり、当年一歳の子もあった。近所には陽気で美しい女として知られていた。しかし彼女は生れはバク・リュウではなく、ビン・ロンの村だった。十五年前、彼女が八歳のとき、叛乱があって村が破壊された。苛烈なインドシナ戦争の無数の作戦の一つであろうと思われる。激しい夜間戦闘がおこなわれ、村民ちりぢりになって逃げた。八歳の少女であった彼女も父母に別れ、体ひとつで村から逃げだした。

　その後彼女は父母兄弟にめぐり会うことができず、街道から街道へ浮浪児としてさまよい歩いた。物乞いして垢まみれになってさまよううち、子供のない老夫婦に拾われ、養女として育てられることになった。バク・リュウにその後一家は移住し、やがて夫と知りあい、結婚した。

　それまでにどうしてわからなかったのかが私には不思議に思えるのであるが、ひょっとしたらグェン・チュー・ハン女はその夜よほどくわしく深く時間の荒野をさかのぼることができたのであろう。十二月三十日の夕方、子供の体を洗いながら夫とおたがいの幼年時代のことを話しあううちに、ハン女はまぎれもなく夫が十五年前に行方不明になった兄であるということを発見した。のこされた遺書によると、彼女はその場で失神し、さめたときに夜おそく自殺を決意したとある。

　翌日、ハン女は裏庭に丸太を積み、ガソリンをかけて火を放ち、眼をとじてとびこんだ。

「運命は残酷ですけれど、はずかしさがたまらないのです」

　遺書にはそのような意味の一行が書きとめてあった。


　私が日本の小説家ですといって自己紹介すると、たいていの知識人は

「……ベトナムにはいくらでも材料がありますよ。暴力でもセックスでも愛でも感傷でも偶然でも、材料と主題はいくらでもあるのです。一度家へきて、ゆっくり話しあいませんか」

という。

そういわれて集めたのがこれらの挿話である。

いくらか脚色はしたがすべて事実である。

〝日本ベトナム人〟と高原人

「アメリカも、ベトコンもベトナムから出て行け」

山岳民族のことをベトナム語では〝モイ〟と呼んでいる。〝野蛮人〟という意味の蔑称なのだそうだ。山岳民族はこの言葉で呼ばれることをきらい、〝山の人〟とか、〝高原の人〟というふうに呼ばれることを望んでいる。三十数種族、ずいぶんたくさんの種族がいるので、ひとくちに〝モイ〟、〝モイ〟と呼ぶこともできない。アンドレ・マルロオの『王道』には兇暴なる蛮族として登場する。

ダラットへ向う途中、ブラオ峠をこえてからの高原で街道沿いに高原人の戦略村（アプ・チエン・ルオック）があったので、入ってみた。ダニム川をせきとめて賠償のアース・ダムをつくった日本工営の車に便乗させてもらったのである。このときは張さんという中国人の通訳がいた。戦略村はゴー・ジン・ジェム大統領がアメリカといっしょになって

サイゴンより北西200キロ、高原の戦略村にて

練りあげたアイデアであるが、ばかげはてたものである。ベトコンの浸透を防ぐために農民を隔離しようとした一種の強制的な集中収容所である。農民を村からたちのかせ、一カ所にかため、周囲を竹や木の矢来でかこみ、入口を武装兵でかため、農民が畑仕事へゆくために出入りするたびにチェックするようにした。マレーでイギリスがやったのを見てヒントを得たといわれるのであるが、マレーの叛乱は主力が中国人であってマレー人ではなかった。また、マレーの場合は農民ではなく、ゴム林や錫山ではたらく労働者であって先祖代々大地にしがみついて暮している農民ではなかった。かつ、マレー戦争の場合、イギリスは二〇対一の兵力と火力を投入したので制圧ができた。〝人民戦争〟と呼ばれるゲリラ戦を叩きつぶすためにはそれくらい圧倒的な兵力を注入しなければとても勝てないのだそうだ。けれどベトナムでアメリカと政府軍が準備したのは一〇対一であった。この軍事力でははじめから勝敗は決していたとその道の専門家はいう。そして、戦略村構想は全土において完全に失敗した。閉じこめられた農民は政府に不満と憎悪を抱き、協力しないばかりか、あべこべにベトコンに走った。皮肉な話である。裏目、裏目とでる。〝自由を守るために〟ベトコンとたたかうといいながら農民から自由を剝奪し、ベトコンにしてしまった。やればやるだけ逆になるばかりである。どこへいってもこの国ではそういう現象が目につく。上海で会った毛沢東は大陸で日本軍があれだけ徹底的にやってくれたおかげでわれわれは進出することができたのだ、日本帝国陸軍は〝皇軍〟といって神聖な軍隊という意味であるが、その努力にはまったく感謝いたしますよと細い眼を細めて皮肉をいったことがある。中国人はこの種のことを〝反面教員〟と呼び、人生に欠かしてはならないものだと考えている。わるいことを教えて生徒をかえって正しい方向に導く先生、という意味である。たしかに人生にはそういう先生があったほうが目標ができていい。えげつなければえげつないほど、いよいよハッキリしてきて、よろしい。

ゴー・ジン・ジェムが倒れてから〝戦略村〟は〝新生村〟(New Life Hamlet)と名があらためられたが、実質は変っていない。フエの近郊の山のなかでたったいま山奥から集団疎開させられてきたばかりだという一群の農民に出会ったことがある。彼らはわずかばかりの鍋、釜、洗面器、鍬などを背負い、香河のほとりの草むらに藁ぶきのおがみ小屋をたてようとしていた。あたりには丸太ン棒や角材が積んであり、兵隊が監視していた。泣いている者はなかったが、災厄がたちこめ、つめたい雨のなかで農民たちは茫然としゃがみこんでいた。私たちが入っていった高原人の村も周囲を鋭く先を削いだ木柵でえんえんとかこんであった。これは村の住民の強制労働で、休んだら一日に五百ピアストルの罰金をとられる。高原人はだいたい狩猟民族であるが、この村では附近の高原の畑に陸稲、トウモロコシ、野菜などをつくってほそぼそと暮している。ここへ移住させられてから二年ほどになるが、まだベトコンは一度もきたことがないという。

村の入口にはまっ黒に陽で焦げた山の人の兵隊がカービン銃を持ってたっていた。五、六人の農民が煉瓦色の土をのろのろと掘って塹壕をつくっていた。バレー・ボールの網がだらりと張ってある。バレーはベトナム人の大好きなスポーツで、前線基地でもひまさえあればパンツ一枚になって兵隊たちは跳ねまわっている。この村の種族はラーデ族なのか何なのか、うっかりして名を聞くのを忘れた。家はピロッティ式に柱で持ちあげてつくってあり、大きな鳥小屋といった恰好である。私たちが入ってゆくとブタが愚直で貪欲そうな小さな眼を怒らせて走りまわり、アヒルが大げさな声をたててきまじめに逃げた。腰布一枚の女たちがコーヒー色のオッパイを陽にさらして、長い棒で木の臼の米を搗いていた。私たちを見るとはずかしそうにニッと笑ってうつむいたり、そろりそろりと柱のかげにかくれた。見つからず、はげしい日光のなかで、あたりはやっぱり盲目の寡婦のようにからっぽでひからびていた。

ばあさんはまっ赤な口をしている。噛みタバコのせいである。ミルクの錆びた空罐の中身を見せてもらったら薄荷の葉、石灰、きざみタバコ、ビンロウ樹の皮などである。これをまぜて噛む。噛めば噛むほど赤くなる。つばをピュッと吐くと血みたいである。町でも村でも道のいたるところにこの赤いつばのおちているのが見られる。彼

戦略村で米搗きをする女性

女たちはこれが体によく、寒いときにはポカポカ温かくなるという。貧しい彼女たちにゆるされた、たったひとつの贅沢であり、楽しみである。六尺フンドシ一本のはだしのおじいさんが竹のパイプをくわえてどこからかでてきた。

「……この村はできてから二年になる。今日は村長が留守だ。米が不足で困っておる。写真はとってもよろしい。いつもいい天気だ。米がないのがいちばんの困りじゃ。あれか。あそこで木を削ってるのはわしの弟じゃ」

おじいさんはそんなことをいって、ふらふらとどこかへ消えた。竹の焦げたパイプをじゅうッといわせたら、あとにひとかたまりのいがらっぽい匂いがのこった。この人たちは子供でもタバコを吸う。小学校では先生が風呂敷で赤ン坊を背負い、生徒たちはパイプをくわえてアイウエオを聞くのである。

山の人はオーストロネシアという種族に属している。この国の先住民族である。それが蒙古族の中国人やタイ族に追われて山へ逃げ、今日にいたったのである。鋭い、暗い憂鬱のこもった顔だちをしている。戦士としては果敢であるが、お酒が大好きで、たいへんお人よしである。ベトナム人にだまされてばかりいるので、里へおりるのを好まない。彼らはベトナム人を本能的に憎んでいる。アメリカと政府軍はこの憎悪を利用してベトコンにたちむかわせようとする。岡村昭彦将軍の目撃したところによると特殊部隊のアメリカの将校は金を紐でぶらさげて山の人の部落へ入ってゆき、殺したベトコン一人につき何百ピアストルかをその場で払って歩くという。山の人は政府軍側についているのもいるが、ベトコン側についたのもいる。山岳地帯ではこの人たちはゲリラの急先鋒になり、毒矢、おとし穴、トゲ、トゲのいっぱいついた巨大なダンゴ、つまり巨大な栗のイガイガみたいなものをとつぜん木のうえからおとしたりする。彼らの弓は西洋式の横弓で、小さいけれどひどくつよい。山の人は肘で弦をひくというが私などは足で踏まえなければひけない。矢は短いけれど、虎の頭蓋骨をやぶるくらいの力があり、猛毒がぬってある。小さな木片の引金をひくととびだすという仕掛けで、日本の弓より狙いは科学的だといえる。この人たちを口説きおとしてベトコン狩りにつれていっても、ジャングルのなかでチラと鹿なり野牛なりを見つけたがさいご、アッというまに夢中でそちらへとんでいってしまう。とめるすきもなしに消えてしまうそうである。

家のそばに穴が掘ってあった。古くなって苔が生えている。戦争中に大阪市内で私たちが毎日毎日掘って歩いた防空壕にそっくりだった。なつかしくなって見ていたら、とつぜんどこからか若い山の人があらわれた。よれよれの作業服にパンツ、穴のあいたお釜帽を眼までかぶり、鼻ペチャ、ドングリ眼、愉快そうな顔つきでこちらへそろりそろりとやってきた。張さんが話をはじめたが、そのうち、とつぜんドングリ眼氏はフランス語を話しはじめた。いくらかにごって聞きとりにくいところがあるが、み

南ベトナムの最北端、ドンハ付近の農村地帯

ごとなフランス語であったのでおどろかされた。東京のアテネ・フランセの生徒なんか足もとにもおよばない。私は自分のフランネ（日本風フランス語）を大いに恥じた。君のフランス語はすばらしいとお世辞でなくほめた。

するとドングリ眼氏は

「いや、おじいさんのほうが上手だった」

とけんそんした。

「……ところで」

私が穴をさして聞いた。

「これは何ですかね？」

ドングリ眼氏はしゃがみこんで答えた。これは壍壕である。おれたちが掘ったのだ。政府がわいわい命令してくるから掘ったのだが、こんなものはダメだ。まったく無駄だ。ベトコンがやってきたらこの穴のなかにかくれろというのだけれど、おれならそんなことはしない。手榴弾を一発ほりこまれたらおしまいじゃないか。おれの考えでは穴に入るよりも家の下に逃げてじっとしているほうが安全だと思う。ドングリ眼氏は愉快そうに笑いながら小屋をさした。なるほど小屋は土から柱で高く持ちあげてあるので、誰でも這いこめる。氏の考察は賢くて正しいように思えた。穴のなかに手榴弾をほりこまれたら破片が乱反射してとびまわって一発でおしまいになるだろう。

この日は夕方近くダニムのダムへいった。日本工営の所長さんや若い技師、お医者さんなどと深夜までフランス・ビール『33』を何十本か飲んで東西南北の話を聞いた。彼らは虎や豹や象などのうろうろする山のなかにもぐりこんでダムをつくったのである。川をせきとめ、山を切り崩し、巨大なパイプで水をおとした。発電所をつくり、変電所をつくり、えんえん三百数十キロにわたって送電線の鉄塔をたてた。野をこえ、山をこえ、谷におり、畑をよこぎり、ジャングルをつらぬいて電線をサイゴンに送ったのである。日本工営のほかに間組や鹿島建設なども入り、ダム工事の最盛期には約三〇〇人の〝ジョートー〟かつ〝ナンバー・ワン〟の日本人がニョク・マムを食べて苦闘した。いちばん苦しんだのはやっぱり送電線である。ベトコン地区の山やジャングルのなかにテントを張って調査をしたり、工事をしたりした。政府軍の護衛兵が二〇人、三〇人ついてくれた。落下傘部隊のときもあり、特殊部隊のときもあった。アメリカ兵がついてくれることもあった。ベトナム兵のうちでは落下傘部隊だけが優秀であった。規律正しく、果敢であり、敏捷であった。時間におくれたりすると隊長が竹の棒で容赦なくひっぱたいた。私がじかに見聞したところでもそうである。ベトナム国軍のうちで兵隊らしい兵隊は落下傘部隊だけしかない。サイゴンの西側の某国大使館の情報武官もそういってた。落下傘部隊と海兵隊があるのでかろうじてサイゴンは保ってるようなものだとのことである。一説によるとこのパラ・トルーパーにはよ

灌漑工事を見学するチャム族の女性たち（ファンラン）

りぬきの精鋭兵だけを入れ、かつ、ベトコンに親族を殺されて怨恨を抱いている兵隊を選んで鍛えるのだそうである。また一説によると、カンボジャ系の兵士も体がつよくて反射が速いから落下傘部隊に入れるのだともいう。

ダニムからサイゴンまでの三百数十キロにはしばしばベトコンの通路にあたるところがあるので、こういう地点で何度も電線を切られたり、鉄塔をたおされたりした。ベトナム人をあいだにたてて申入れをする。

「われわれは日本人である。賠償でダムをつくっている。ベトナム戦争には何の関係もない。むしろ安い電気をベトナム人民に提供することになるのだから、政府が使おうがあなたがたが使おうが、この国を益することに変りはない。もし破壊したければ建設が完成して政府に引渡したあとで破壊すればよいではないか。破壊するのは一瞬でできる。建設にはたいへんな努力がいる。われわれはあなたがたを邪魔しないから、あなたがたも邪魔しないで頂きたい」

ベトコンはすぐに諒解し、妨害を停止した。何人か日本人でベトコンにつかまった人もあったが、みんな無事にもどされた。ファンランでいま灌漑工事の通訳をしている当間さんという沖縄出身の人も山の人のベトコンにつかまって十一日間行方不明になったが、やっぱり無事でもどってきた。この人に会ってベトコンの生活を聞いたから、もう少しあとで書こう。妨害はむしろ政府軍の番兵がやった。たいくつまぎれに鉄砲で電線や碍子を射ち、賭けをして遊ぶのだそうだ。

ダム工事には山の人もたくさん人夫として雇った。彼らは木を切ったり、石をのけたり、道を掘ったりなどの仕事は熱心によくやったが、ちょっと頭や指さきの器用さなどが必要になる仕事にさしかかると、めんどうくさくなって自分からやめていった。工事場ではダイナマイトで山をとばすからとがった石が四散し、足を切ることが多い。そこで日本から地下足袋をとりよせてはかせてみたら、はじめのうちはおとなしくはいているが、すぐにうるさくなってぬいでしまい、はだしでかけまわった。彼らは自家製の手斧一本で竹から大木まで、すべてのものを切りたおした。この手斧には彼らの誇りがかけられている。息子が成年に達すると父親は山へいき、藪のなかを何日も何日も歩きまわって竹の根を選ぶ。よく陽にかわかしてから先端をステッキの柄のように曲げ、村の鍛冶屋にたのんでうってもらった斧をはめこんで息子にあたえるのである。そしてカメからモチ米を嚙んでつくった酒を一メートルほどもある竹でちゅうちゅうとすすりあう。それが山の人の元服式である。

山道ですれちがう高原の人はたいてい女が先頭にたって堂々とはだしでやってくる。竹で編んだ籠を背負い、なかには斧を手にさげ、暗鬱な顔に威厳をたたえて彼女らはオッパイぶらんぶらん、堂々とやってくる。男はそのあとからおとなしく風呂敷で赤ン坊をくるみ、背へ斜めにかけて、しおしおとついてくる。この人たちは母系家族なのである。女が実権を持っている。強健な彼女らは赤ン坊を生むのも、畑を耕やすのも、煮炊きも、里への買いだしも、何から何までみんな自分でする。恋愛もリードするのは女である。女のほうから男をピック・アップするのだ。男はおとなしく拾われるのを待つだけである。ランデ・ヴーの日がきまると、いそいそと家へ帰り、縄にいくつもの結び目をこしらえる。ランデ・ヴーの日までの日数だけ結び目をこしらえるのである。そして毎日、コブをひとつずつほぐして、ああ、あと何日だ、あと何日だと教えては、こらえ、かつ、わくわくするのである。なんというたのしい知恵だろう！……

男たちは、しかし、こんにゃくだというわけではない。妻が死ぬと実家へ帰ってゆくのは男のほうである。単純で深い彼らはお酒が大好きで、朝仕事の前に今日はあとで一杯おごるよといったら、一日じゅうはたらきながら夢中でお酒の話ばかりして木を切ったり、石をはこんだりするのである。けれど廉恥心はきわめてつよく、誇り高くもある。この性格を理解しなければいくらアメリカの特殊部隊の将校が金で買っても彼らはけっして本心からなびかない。むしろ、いよいよ逆になる。ダニムの工事で、あるとき一人の日本人が山の人の子供の頭を竹の棒でこづいたことがあった。さして悪気があったのではなかったが、山の人がこれを目撃した。翌日、高原人たちはめいめい腰に山刀をさしこんであらわれ、強硬談判を申しこんだ。件（くだん）の日本人はいちはやくその場から退避させた。高原人たちはいった。

「私たちは侮辱された。これ以上、日本人といっしょに働くことはできない。けれど、約束は約束である。約束は私たちは守る。約束の日までは働いてあげよう。けれどそれ以上はおことわりする。ハッキリ申上げましたぞ」

工事場の所長はひたすら詫びを入れ、なだめたり、あやまったりしたが、森の人たちは断固として耳を貸さなかった。彼らは約束の日まで黙々として働き、その日が終ると給料をもらってさっさと山へ帰っていった。彼らは腹の皮が背にくっつくほど飢え、貧しかった。のどから手がでるほどお金がほしかった。しかし、二度と彼らは工事場にあらわれようとしなかった。このような人びとを金で買えるものか、どうか、考えるまでもないことではあるまいか?……

ソン・ファの発電所はダニムのダムから山のなかをぐるぐるとまわりおりていったところにある。巨大な発電機を日本から持ちこみ、ダムからどうどうとパイプをつたっておちてくる水で電気を起すのである。宿酔でくらくらしながら銀色に輝やくパイプによじのぼったら、何やらハトの画とベトナム語の落書が胴に書きつけてあった。山のなかのベトナム兵の番兵がたいくつまぎれに炭で書いたのである。何と書いてあるのだと通訳の人に訳してもらったら
「アメリカはベトナムからでていけ。ベトコンもベトナムからでていけ」

ということであった。

「……日本人は殺さない、……尊敬している」

発電所には何人も日本人の電気技師がいたが、もう完成したので帰国準備にかかっていた。所長氏の話によると、ダム工事のときもそうだったけれど、ここの発電所工事でもベトコンが人夫のなかに入っていたそうである。ベトコンだけではなく、政府側の秘密警察員も入っていた。特高である。両方ともベトナム人夫のなかではたいへんよく働き、有能であったので、すぐそれとわかった。ベトコンは南部出身者が一人、中部出身者が一人、政府側の特高は三人潜入した。調べてみたら身分証明書を見せたのですぐ判明した。けれど、奇妙なことだが、それほど尨大な工事場でもないのに特高とベトコンの諜報部員たちがたがいにカンづきあっている気配はまったくなかったという。ベトコンの二人は工事場の飯場の壁に給料値上げや特遇改善などのビラを貼ったのですぐそれと活動がわかったけれど、折りから政府がサイゴンで集会禁止令をだしたらピタリととまった。彼らは人夫を通じて発電所の規模や設備を探るのが主目的であったらしい。工事で山のなかで働いていた人夫がベトコンにつかまり、パイプや発電機の数を聞かれたので答えたら、相手はニッコリ笑って、いや、そうではないだろうといい、精細綿密にデータを述べた。それにはまったく一ミリの誤りもなく、かえってこちらが教えられたくらいであった。ベトコンは件の人夫を釈放してくれたが、そのとき、さいごに
「発電所のことはすみからすみまでわれわれは知っている。破壊しようと思えばいつでも好きなときに破壊できるよ。けれど、安心してよろしい。われわれは破壊する意志はない。立派なのをつくってくれ。いずれわれわれが頂戴する。日本人は殺さない。むしろ尊敬している」

といったそうである。

いまファンランの灌漑工事場で働いている当間さんが高原人のベトコンにつかまったとき、工事場ではたいへん心配して、調査を開始した。ベトナム人の人夫にいろいろと聞いてみたら、ファンランの町にこの地区のベトコンの隊長の母親が住んでいて、隊長は一カ月か二カ月に一度くらい山をおりて家にたちよるらしいということがわかった。そこで当間氏を至急釈放してほしいと伝えさせたところ、しばらくして当間氏はひょっこりもどってきた。

所長氏は苦笑してつぶやいた。

「そこまではわかってるんです。こちらでつかめました。けれど、ファンランの町の何番地にその母親が住んでいるのかということはわからないんです。私のほうも敢え

て聞きませんでした。けれど、そのときの私の印象では、知らないのは政府だけで、どうやら人民は何もかも知っているらしいということでしたね」

「サイゴンでもときどきそういうことを聞かされますね。知らないのは政府と新聞記者だけだというんです」

「そういうことらしいですな」

所長氏は笑って、東京から送ってきた花ラッキョウをポリポリと嚙みつつ『ラ・リュー』ビールをすすった。

私たちはジープに乗ってソン・ファからさらに山道をくだって、平野におり、ファンランの田舎町へつれていってもらった。たそがれどきになるときまって虎とベトコンがでるという荒野のなかの街道を走っていった。この荒野は異様なことになっていた。ジャングルがまっ赤に枯れているのである。街道に沿って左右何キロかのジャングルがことごとく枯れ、木は倒れたり、折れたりして土にとけかけていた。たっている幹でも枝の葉はことごとく枯れて赤くなっていた。サイゴンからダニムまでの街道筋のいたるところで私たちはこのような荒野を見たが、ここほど広大で凄まじい風景はなかった。これはアメリカまたは政府軍の飛行機が化学液を空から何十トンとまいて枯らしてしまったのである。ベトコンがかくれることのできないように〝視野を広げ〟たのである。〝Operation Fallen Leaves〟（枯葉作戦）というものなのである。のくつとなく目撃したが、この地帯の枯死はひどいものであった。

ちにベン・キャット基地からグランド・オペレイション（大作戦）に参加してジャングルにもぐりこんだとき、私たちは砲弾でえぐられ、ナパーム弾で焼かれた空地をいくつとなく目撃したが、この地帯の枯死はひどいものであった。

ビン・ジアで昨年暮れからほぼ一週間にわたってすさまじい激闘がおこなわれたが、その直後に武装ヘリコプターで私は現地へいってみたことがある。秋元キャパも前日にサイゴンから直行した。私がいったときは『ニューズウィーク』のマッケイブ記者といっしょだった。ここはいわゆる〝赤土地帯（テール・ルージュ）〟で、ゴム林、バナナ畑、ジャングルがあり、そのまっただなかにビン・ジアの、町というよりは村が、いつもの貧しい貧しい村が、一粒の原子のごとく漂っている。カトリックの教会がひとつある。ここで一週間にわたる昼夜を問わぬ激闘がおこなわれ、政府軍は三個大隊を投入して全滅、約六〇〇人の兵隊が死んだ。ベトコンは約二〇〇〇人と推定されたが、ほぼ三〇〇人が死んだ。死んだ兵隊は天ビン棒でかついだり、牛車に山積みにしたりして後方へはこんだ。前日に秋元キャパがアメリカの参戦武官といっしょにとんで聞きこんできた話によると、偶然ナパーム弾でこの地区のベトコンの地下司令部が焼かれ、将軍が一人死んだ。そして将軍の若い娘も最前線にでてきて足を射たれてたおれた。彼女は青と赤の染めわけ縞に黄星をおいた解放戦線の旗を両手ににぎりしめ

「……前進！」

と叫んで死んだそうである。約二〇人の政府軍の兵士が目撃し、その声を聞いた。

私が空からマッケイブといっしょに赤土の小さな空地におりたとき、サイゴン情報によれば、すでにベトコンはある朝、ジャングルのなかで一人のこらず〝蒸発〟して、影も形もないということであった。ヘリコプターからおりてカマボコ型・トタン屋根、バナナ畑のなかのたったひとつの小さな宿舎に入っていくと、意外、部屋のすみから岡村昭彦将軍がハンモックからおりてマレー熊のように歩いてきた。将軍はヒゲぼうぼう、オヘソまるだし、ゴム草履をつっかけ、特殊部隊の迷彩服のズボンをつけていた。フィルムをサイゴンで預かっておいてくれといって野戦バグをかきまわしたとき、チラと『永谷園』の『お茶漬海苔』の袋が見えた。将軍は最前線でパラパラのベトナム米を飯盒でお茶漬にして海苔ふりかけて食べているらしかった。いじらしさに胸うたれた。

「……ビン・ジアはまだ死んでないよ。今朝、明けがた、約四〇〇人のベトコンが猛射してきた。ずっとタコ壺に入ったきりだったよ。死体もそこらのジャングルにほったままにしてある。腐りきってる。風が吹くと匂うよ。たまらない匂いだよ。遠くへいくな。狙撃兵（スナイパー）がやるぞ。一発で完了（ワンラ）だよ」

将軍はせかせかと、しかし優しく忠告してくれた。

私は将軍につれられて附近のバナナ畑を歩きまわった。耳のうしろ、肩のあたりに、たえまなく誰かに狙われているという濃密な感覚があった。さきほどマッケイブと村のなかを歩きまわって帰ってきたら将軍がとびだしてきて、ライフルが二発聞えた、うろうろしちゃいけない、隊長がおれに探りにいけといった、狙撃兵がいるんだから油断するなと、すごい眼で活を入れてくれたばかりのところなのである。将軍のあとについてバナナ畑へいってみたら、兵舎から十メートルと離れていないところにベトコンの掘ったタコ壺がいくつとなくあった。政府軍の機関銃兵がそのよこに小さなテントを張って昼寝していた。ここの戦闘はサイゴンでは第二のディエン・ビエン・フーになるだろうかといってたいへんな騒ぎになっていたのである。岡村将軍の説明によると、昨日ウェストモアランド将軍がじきじきおでましになって兵士に一人一人勲章の有無を聞いて帰っていったという。

バナナ畑からもどって立話をしていると武装ヘリコプターが二台、すさまじい音をたてて空からおりてきた。将軍の説明によると、弾薬と手榴弾とコーヒーを基地から持ってきたのであるということだった。そのあとだ。ヘリコプターが去ったあとで、また空に爆音が聞えた。手をかざして仰いで見ると、ジャングルの上を一台のL—19機が低く舞っていた。銃音は聞えない。掃射をしているのではない。

「……何やろ、あの飛行機。偵察してるねんやろか。L—19が一台とんでるでえ。UTTやないわ。機銃掃射はしてへん。のんびりしてるわ」

全智全能の将軍はあわれむようにして私をチラと横眼で眺め、低い声でつぶやいた。

「あれはUTTじゃない。こちらが頼んだのだ。枯葉作戦だよ」

「枯葉作戦？」

「そうだよ。あとから大型輸送機もくるんだよ。薬をまいてジャングルを枯らすんだ。ベトコンがよく見えるようにな。ジャングルを枯らすんだ」

私は理解し、いった。

「バカなことというなよ。ジャングルを枯らしてしもたら全ベトナムが反米主義に走るやないか。そんなことしてもベトコンはなくなれへんよ。問題はべつのところにあるのんとちゃうか。それに、いまから薬まいてジャングル枯らしたところで、どうなるってもんでもないやろ」

岡村将軍は深くうなずいた。だいたい彼の表情はちょっと大げさなところがあるのではないかと近ごろになって薄々わかりだしたのであるが、このとき将軍はほんとにまじめな顔になって、深くうなずいた。

「ダメなんだな。アメリカにはもうテがないんだな。だからな、あんなことやっちまうんだよ」

「いくら薬まいても雨季がきたらまたジャングルは芽をだすやろ。おれはあっちこっちで見てきた。どんな枯れた木でもすぐ芽をだすでえ。腐った木はどうしようもないけど、芽はすぐでよるぞ」

「その通りだ。奴らにいってやれ」

「あいつらも知ってるやろ」

「そう。知った上でのこった」

岡村将軍は吐きすてるようにそうつぶやき、ふたたびマレー熊のように肩をゆすりゆすりカマボコ兵舎にもどっていった。L—19機はしぶとく爆音をひびかせてジャングルの上をとびつづけた。酔うのじゃないかと思うほど広大な樹海のなかでそれはまったく漂える一粒の原子にすぎなかった。

ファンランは小さな田舎町であるが、ここの日本工営の事務所で、めざす沖縄出身の当間氏に会った。彼は背が高く、四十五歳くらいで、沖縄人独特の、南方系海洋民族の立派な顔だちをしていた。額秀で、眉たくましく、鼻高く、胸にも腕にも毛がもじゃもじゃと生えていた。この容貌のために彼は山の人のベトコンに赤い荒野でつかまったとき、アメリカ人じゃないか、殺しちゃおうかといわれたのである。ベトナム人の妻とのあいだに五人の子供のある彼はいうまでもなくベトナム語の達人である。ベトナムこそこそささやかれているのを聞きつけて
「よせ。おれは日本人だ」

といった。

太平洋戦争のとき、彼は沖縄から兵隊にとられて参戦し、シンガポールへいった。そこからハノイに送られ、一九四五年まで、日本兵としてかけまわった。一九四五年、日本は敗れて、キャプ・サン・ジャックから引揚げた。しかし彼は多くの日本兵といっしょにベトナムにとどまり、ホー・チ・ミンのひきいるベトミン軍に入って、インドシナ独立戦争をたたかった。日本工営にはこういう日本人がたくさんいて、私は話しあった。彼らはあるいは脱走兵であり、あるいは自発的な残留兵であった。ベトナム女との愛にひかされて現地にのこったものもあり、内地に帰ったところで暮していけないのだからと考えて残留したものもあった。彼らはベトミン軍に参加してベトナム兵を帝国陸軍の戦法と規律によって鍛えあげ、たいへん尊敬された。水田、ジャングル、山岳地帯、彼らは貧しいベトナム農民兵といっしょに起居しながらわたり歩き、フランス植民地主義追放のために血と汗を流した。あるものは死に、あるものは生きのこった。ベトナム農民兵たちは彼らを〝戦争の神様だ〟といって尊敬した。〝欧米列強の桎梏（しっこく）よりアジア同胞を解放する〟という日本のスローガンは当間氏ら無名の日本兵士によってのみ真に信じられ、遂行された。インドネシアにおいても同様であった。スローガンを美しく壮大な言葉で書きまくり、しゃべりまくった将軍たちや、高級将校や、新聞記者、従軍文士どもはいちはやく日本へ逃げ帰って、ちゃっと口ぬぐい、知らん顔して新しい言葉、昨日白いといったことを今日黒いといってふたたび書きまくり、しゃべりまくって暮しはじめたのである。彼らはその場その場でどんな言葉でも書ける河原乞食である。河原乞食であることにウンザリしてたがいに心のなかでウソつきめとつぶやきあっている酔っぱらいの抒情主義者であり、おごそかなることにゃくである。おごそかに糾弾し、涙を流して礼拝し、すみやかに忘れ、昨日書いたことを今日忘れ、責任を問われれば人生は虚無だとつぶやいてうなだれる芸もちゃんと心得た下司下郎である。すべて、これ、大学と酒席で習得した。

当間氏はベトミン軍に入り、〝ハオ〟（中国語の『好』）と改名する。鍬でメコンの泥を掻きまわすよりほかに何も知らないベトナム農民兵に銃の操作、散開の方法、掃射されたときの地物の利用法、その他、知っているかぎりのことを教えた。日本帝国陸軍の戦陣訓は氏らによってジャングルのなかでよみがえり、かつての従軍文士どもが東京で酒場小説を書くことに夜も日もなくふけっているあいだに泥まみれとなって当間氏らはスローガンの遂行に必死となった。農民兵たちは全身的に氏らを信じた。彼らは〝独立〟という情熱のほかには何も知らず、誰も助けてくれなかった。オング・ハオのやるとおりにすればいいのだとだけ信じこみ、フランス兵に乱射を浴びると、どこまでも当間氏のあとを追って走った。〝散レ！〟、〝散レ！〟と叫んでもお尻にくっついてはなれないので、危険でならなかった。ダナンの工藤氏や中村氏もあるいは衛生兵、あるいは軍医としてジャングルをわたり歩いた。大半の日本人がようやく手に入った、ささやかな、脂っぽい、罪のないバカをいって暮せる平和をたのしみはじめたときでも氏らは、じつに、九年間、たたかいつづけたのである。一九五四年、ジュネーヴ停戦協定が成立し、ホー・チ・ミンが北へ去るとともに、氏らはベトミン軍からはなれて南ベトナムにとどまる。北へいこう、北へいこうとしきりに誘われたが、すでにベトナム人の妻もあれば、子もできていた。国際法は何ひとつとして保護してくれず、すでに日本とも切断されて永かったが、妻や子は自分で保護しなければならなかった。また、氏が日本でうけた教育は、ホー・チ・ミンがやりはじめようとしている〝アカ〟は骨身にしみての〝悪〟であるとささやいた。なぜかわからないが〝アカ〟は絶対の悪なのであった。氏らは南ベトナムにとどまり、シクロの運ちゃん、タクシーの修繕など、七転八倒してかつがつの生活をたてる。当間氏は日本人の会社に通訳として働き、ダナンの工藤氏、中村氏らは、代診として貧乏人に注射をうってまわることとなった。

ダニムの工事が終ったあとで日本工営はファンランの荒野に用水路をつくる灌漑工事を開始した。毛深くたくましい当間氏はトラックを運転したり、ジープを運転したり、通訳をしたりして働いた。一昨年の暮れのことであった。ファンランからソン・ファに向う途中、鉄道線路をこえた荒野の疎林地を走っているときに、とつぜん一群の山岳民族のベトコンがあらわれた。さきを走っているバスや自動車が街道でとめられ、乗客がおろされたが、当間氏は気がつかずに走りつづけようとした。

「……自分はそのときぼんやりしていて何も気がつかなかったです。するとベトコンが車をバリバリ射ってきましたですね。そこでやっと、ああ、ベトコンがでたなとわかったです」

街道にはざっと四〇人から五〇人のベトナム人が車からおろされたが、すぐに釈放された。当間氏だけ怪しまれ、山へつれていかれた。当間氏はポケットじゅうの証明書をだして自分は日本人だから無関係だと主張したが、山の人たちは、とにかくおれたちは兵隊で何もわからないから山へいって偉い人に会ってくれと主張し、氏を山へつれていった。途中、目かくしをされようとしたが、氏がかたくなに抵抗したので高原人たちはあきらめ、夜行進することとなった。夜なら何もわからないだろうというので、ずいぶんあちらこちらと歩いたあげくに、山のなかの根拠地にたどりついた。

ジャングルのなかから山の人たちの尊敬する〝偉い人〟がでてきた。その人は当間氏を見るなり、ベトナム語で

「なんだ、ハオさんじゃないか！」

と叫んだ。

当間氏が眼をこすってみると、その〝偉い人〟は自分が昔、ベトミン軍の闘士としてたたかっていたころに学習してやった部下であった。氏は五四年のジュネーヴ協定

以後、武器を捨てたが、部下はひきつづきベトコンの将校となってジャングルをわたり歩きつづけているらしかった。昔の部下は当間氏を大いになぐさめ、あやまったり、詫びたりして、早急に機会をつかまえて里へ帰してやると約束してくれた。高原人たちの部落を峠から峠へわたり歩きながらも当間氏は行動の自由をゆるされ、たいくつだろうといって狩猟用に銃を一挺もらった。けれど、あたりをさぐってみると、ジャングルにはどこへいっても毒矢が仕掛けられ、スパイクを植えつけたワナがあり、おとし穴があった。ある日など、部落の犬がワナにおちて腹をスパイクでつらぬかれて死んでいるのを見た。それを見て当間氏は逃亡をあきらめ、おとなしく高原人たちといっしょに暮す決心をした。ベトナム語を高原人の子供に教える高原人の女教師が氏の当番兵となって朝から晩までうしろにくっついて離れなかった。夜になると女教師は小屋にもぐりこみ、当間氏にくっついて眠った。けれど氏は指一本うごかさなかった。

「……ベトミンもそうでしたけれど、彼らの頭のなかには男、女の区別なんかないのです。ベトコンもおなじですよ。彼らには思想しかないです。まったく我を忘れて夢中になっとるんですね。だから自分は、ハハア、これは自分はためされてるんだと思ったですから、その女には何もしなかったです。しちゃいかんと思ったですよ。決心したですね」

高原人たちは一種の火田民(かでんみん)であった。まじないを尊重して、わるいまじないがでると、何年住みついた先祖伝来の村でも惜しげもなく焼いてべつの山に移っていった。何年かたつとまたそこへもどってくるのであるが、まじないの示唆によって惜しげもなく家を焼き、当間氏をつれて、峠から峠へとわたり歩いた。〝偉い人〟がきて作戦を計画しないときはせっせと鹿を追ったり、トウモロコシを畑にまいたりした。あるいは銃を枕もとにおいてハンモックでのんびり昼寝にふけったりした。さいごにいよいよ当間氏が里へ帰されるときまった夜、高原人たちは部落じゅうをさがして、あるだけの野菜を持ちだし、鶏をつぶした。土のうえに円座をつくり、酒の土ガメを持ちだして、竹の筒ですすりあった。そして、手をうったり、踊ったり、叫んだりした。やがて順番がまわってきて当間氏にもしきりに歌え、歌えというので、氏は草を折って、草笛をつくった。高原人たちは草で歌を吹くことをついぞ知らなかったらしく、夢中になった。拍手し、叫んだ。女の先生は当間氏の腕をつかまえて、さいごのさいごまで、里に帰るな、帰るなといいつづけた。

十一日間の旅はそうして終った。

ベトコン少年、暁に死す

仏教徒問題が終った翌日の午後、『ベトナム・プレス』の事務所へグェン・ヴェト・カン氏に会いにでかけた。これは官営通信社で、毎日、英語版とフランス語版で国内・国際ニューズを発行しているところである。顔面蒼白のカン氏はここで翻訳仕事に没頭している。そのかたわら彼はSF小説を書き、恋愛小説を書き、時事解説を書き、中国古典の仏教小説を訳すのである。一日に三時間か四時間ぐらいしか寝ない。六人の子供のためである。

いってみたらカン氏はニョク・マムを食べてか食べないでか、あいかわらず水からあがったみたいな顔をして机に向っていた。今日は動詞のない新年演説ではなく、何かニューズをフランス語に訳していた。何か新しい情報はないかと思っていろいろと雑談をしているうちに、これから三人のテロリストが公開銃殺されるらしいという噂さを洩らした。場所はサイゴン中央市場の広場だという。

私はびっくりしたが、カン氏はいつもの顔面蒼白でぼそぼそとつぶやくきりである。噂さなのでほんとかどうかわからない。念のために聞いてみましょうかといって、タイプライターを叩いている同僚のところへたっていった。

「……デマでした。VCの流したデマだといいますね。今日はありません」

もどってくるとカン氏はそういって椅子にすわり、茫然とした顔つきでフウーッと肩で息をついた。

私は事務所をとびだし、タクシーをつかまえてサイゴン中央市場へいそいだ。ここはそれまでの毎日、坊さんがガソリン自殺をやるか割腹にかけこむかというのですわりこみの待機をつづけたところである。午後三時から夜の八時ごろまで、毎日のようにすわりこんだので、草の葉一本まで知っている。いつも二小隊ほどのマシン・ガンに手榴弾を持った兵隊が警戒していた。この広場に兵隊がいるかいないかを見ただけで今日は何かありそうだとかなさそうだとかいうことがわかる。そういう場所なのである。

いってみたら仏教徒問題は昨日で終ったはずなのにあいかわらず兵隊の群れがいる。さてはと思って眼をこらしたら、AP、UPI、ロイター、AFP、CBS、日ごろから顔なじみの記者やカメラ・マンがみんなそろって何かを待っていた。市場の無数の人びとがつめかけ、じっと佇んでいた。軍用トラックが一台あって、兵隊が砂袋を舗道にコの字型に積み終ろうとしているところだった。舗石の一枚が剝がされ、柱が一本たっていた。

タクシーをおりて群集のなかを歩いていると、ひょっこりと地獄耳の岡村昭彦将軍と出会った。将軍は首にライカをぶらさげ、全身に汗をかいて顔面蒼白になっていた。先日、空港で飛行機が離陸寸前におちたとかで肩にショックを浴びたのである。

「……何人と聞いた？」

「三人やと聞いたけどな」

「五人という噂さもある」

「どこの情報や？」

「いえ、まあ、何となくです」

「何となくすべてわかるんやね？」

「寝てたらタンポポの種みたいに」

「とんできたって？」

「ええ。ええ。そうです」

「妙な情報やな」

あたりを歩きまわっているうちにタクシーで日野啓三が通りかかるのが見えたので呼びとめた。彼はベトナム国寺で取材中に一人のばあさんに教えられたのだという。

日本語のわかるベトナム青年を彼は助手に使っているので、マジェスティック・ホテルの秋元キャパと波多野特派員に電話連絡をたのんだ。しばらくして二人は汗だくでとんできた。さっそくいつもの議論と分析を開始する。このときはすぐに意見が一致した。いまは白昼である。無数の群集がいる。もしここでベトコンを処刑したら手榴弾かプラスチック爆弾を投げられる恐れがあろう。投げたベトコン同志は軍隊に射殺されるかもしれない。けれどジャングルでは肉弾特攻隊を敢行する彼らである。同志の汚辱を救うためならやるかも知れない。けれど、いまは旧暦正月前である。正月は五日後に迫り、人びとはたまゆらの幸わせの準備に夢中である。かつ、昨日、仏教徒問題が終って、チャン・ヴァン・フォンが蹴りだされたばかりのところである。グェン・カーン将軍が新政権を獲得したばかりのところである。できたばかりの新政権がその第一日めにこのような民衆の嫌悪と反感を買うようなことをするだろうか？

「……八〇パーセントはやらないと思う。しかし、こうしてげんに砂袋は積んだし、柱もたっている。新政権発足に〝力〟の見せしめをやろうと彼らが決心しないとはいえないとも思う」

「力の見せしめになりますか？」

「彼らはそう考えてるよ」

「逆にこういうえげつない手段をとるよりほかないまでにゆとりがなくなっていると

いうことで、かえって政府の衰弱を天下にさらすことになるのじゃありませんか？」

「まさにそのとおりだ。おれもそう思うよ。まったくその通りだ。しかし、開高君、サイゴンではすべてが可能なんだよ」

老練記者の波多野特派員はそういった。何年となく彼はこの国の無数の出来事を目撃してきたのである。私はうなずく。日野チンもうなずく。ひょっとしたら、ひょっと、彼らは、やるかも知れぬ。いつものようにしよう。徹底的に待ちの一手でしがみつこう……

時間がたつにつれて群集はふえるいっぽうである。彼ら、無数の老若男女は、無言のまま広場にギッシリとあふれ、身うごきできないまでの巨大な円をつくり、ギラギラする熱帯の午後おそい日光のなかで砂袋と柱を見つめ、うごこうとしなかった。憲兵がやってきてラウド・スピーカーで今日は処刑をしないから解散するようにと、くりかえしくりかえし放送して帰っていったが、大群集はいっこう散ろうとしなかった。彼らはまったく官憲の言葉を真にうけようとしなかった。

私と秋元キャパの二人は夜九時ごろまで広場の芝生にすわりこみをつづけ、軍隊も解散し、外国通信社も去り、ベトナム人の新聞記者も腰をあげる、さいごのさいごまで見とどけてから、へとへとに疲れてマジェスティック・ホテルへもどった。その夜おそく、私たちがベッドにぐったりたおれて新聞を読んでいるところへ、ドアをたた

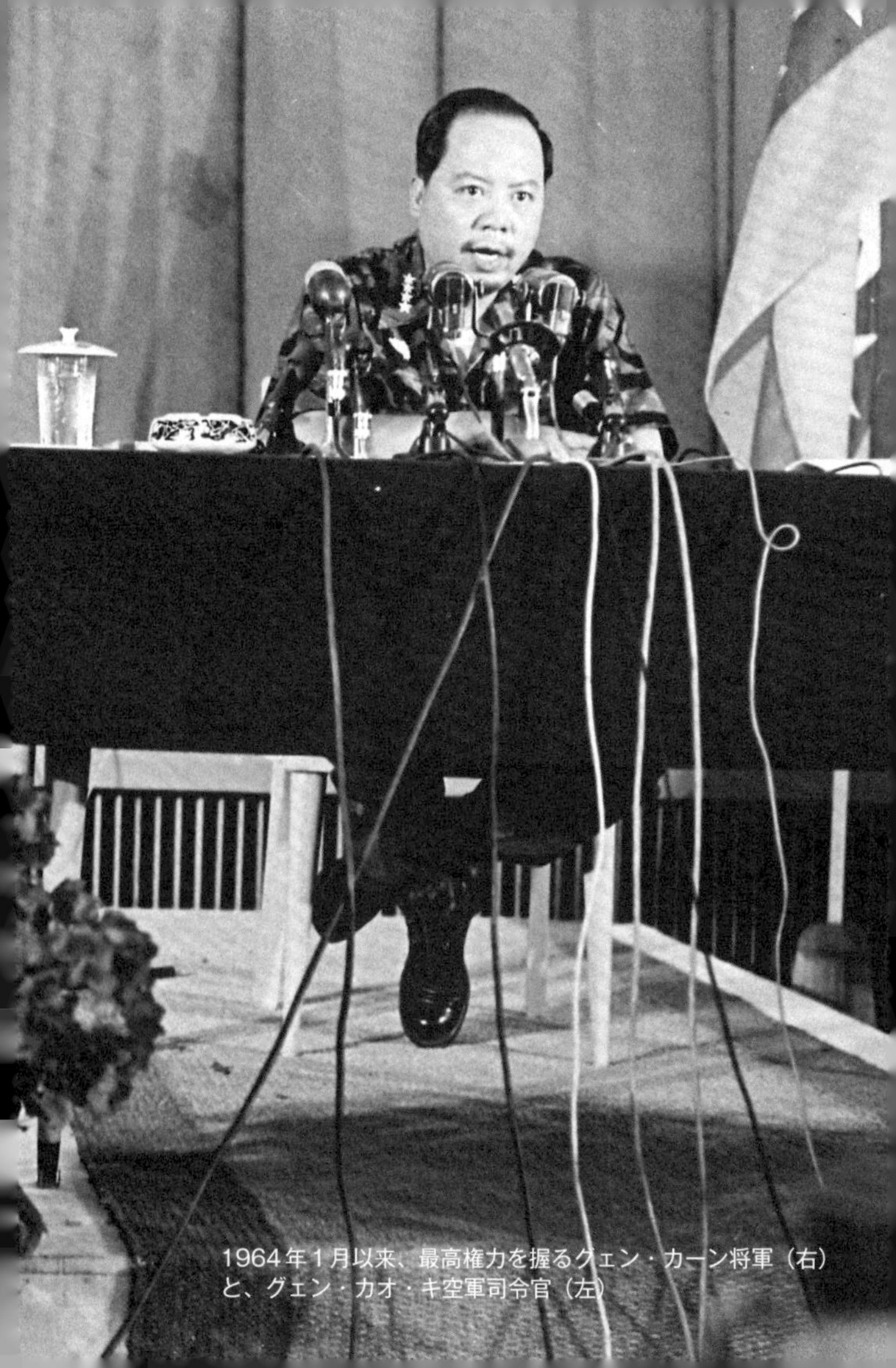

1964年1月以来、最高権力を握るグェン・カーン将軍（右）
と、グェン・カオ・キ空軍司令官（左）

く者があった。パンツ一枚でとびおき、あけてみたら、眼鏡をかけた一人の若いベトナム人がそろりそろりと入ってきた。いつもの情報提供者だ。

"Something new has happened?"

(何か新しいことがあったのか?)

私が声をかけると、青年は低い声で

"Yes. Execution. Tomorrow mornig……"

(そう。死刑執行。明朝……)

といった。

紙とボール・ペンをさしだす。いつもそうなのである。そういう癖なのだ。口でしゃべりつつ、しゃべったことをもう一度紙に書き写さなければ気がすまないたちなのである。書きあげると私にわたす。

『明朝。5時マデニサイゴン市場。5時半カ6時ニ死刑執行。公開銃殺。名前ハレ・ヴァン・クェン。サイゴン郊外デ地雷一キログラムト手榴弾ヲ運搬中ニ逮捕サレタ。私立高校生。二十歳』

私が読み終るのを待って、青年は

「警察ではベトコンの首都地区特別行動本部隊員だといってます。念のために五時までにいってください」

秋元キャパが椅子のところへとんでゆき、ズボンのポケットから五百ピアストル（実力約千五百エン）の札をぬきだしてわたすと、ありがとうとつぶやいて青年は消えた。すぐに別室の波多野氏に知らせる。日野チンは優しくて率直なところがあるから他社ではあるけれど電話で知らせてやった。沈んだ声で彼はありがとう、といった。秋元キャパは岡村将軍のところへ知らせにでかけた。留守だったのでドアの下にメモをはさんで帰ってきた。

翌朝五時前にホテルをでた。ここの日の出は七時十分ごろである。未明の町は暗くて、静かで、つめたかった。私たちのほかはネコ一匹歩いていなかった。ところどころに螢光燈の街燈の円光がおち、町は巨大な洞穴であった。円形広場への入口が白い木柵で通行止めになり、警官がたっていた。

「……キジャア・ニポン（日本人記者）」

「ジョートー。ジョートー」

情報省発行の記者証を見せ、低くささやいて通った。

広場に入ってドキッとした。M―24型タンクが二台、放送車が一台、大型軍用トラックが一台、消防車が一台、完全武装して自動銃を持った落下傘部隊や武装警察など、約一個大隊の兵隊が広場に走りこむ町の入口という入口を封鎖していた。軍用トラックが砂袋と柱に強烈な灯を浴びせた。広場をひとまわりにでかけた秋元キャパがもどってきて、約五－六〇〇〇人の群集がいる、兵隊と柵にとめられて入れない、黙ってたっているといった。波多野氏と低くささやきあった。

「迫撃砲を射ちこまれるかもしれませんね。軽くて移動式だからその気になればやってやれないことはありませんね」

「そうだね。やってやれないことはない。けれどベトコンは日をあらためて報復テロをやるほうを選ぶかもしれんですな」

「アメリカ人を狙うんですね？」

「そう。銃殺するのは南ベトナム政府だけれど、彼らの目標はアメリカ人だ。いつでもそうだった」

「またホテルかバーを爆破するんだな。いつ、どこでやるんだろう。マジェスティックは大丈夫ですか？」

「わからない。何もわからない」

五時四十五分。

一台の白塗りのステーション・ワゴンが広場に入ってきて砂袋の前でとまった。後手に手錠をはめられた一人の細い青年がおろされ、軍用トラックの灯のなかをひきたてられていった。彼は昨日の午後一時に軍事法廷で死刑を宣告され、いままでチ・ホア刑務所にいたのである。十六時間四十五分独房に閉じこめられていたのである。柱にくくりつけられ、黒布で目かくしされようとしたとき、彼は蒼白で、ふるえていた。カトリックの教誨師、肥ってブタのような顔をした教誨師がつきそい、耳もとで何かささやいたが、青年は聞いている気配はなかった。うなずきもしなかった。ただこわばってふるえていた。やせた、首の細い、ほんの子供だった。よごれたズボンをはき、はだしで佇んでいた。

短い叫びが暗がりを走った。立テ膝をした一〇人のベトナム人の憲兵が一〇挺のライフル銃で一人の子供を射った。子供はガクリと膝を折った。胸、腹、腿にいくつもの黒い、小さな小さな穴があいた。銃弾は肉を回転してえぐる。射入口は小さいが射出口はバラの花のようにひらくのである。やがて鮮血が穴から流れだし、小川のように腿を浸した。肉も精神もおそらくこの瞬間に死んだのであろう。しかし衝撃による反射がまだのこっていた。少年はうなだれたままゆっくりと首を右、左にふった。

「だめだ。だめだ。まだだめだ」

そうつぶやいているように見える動作だった。将校が近づき、回転式拳銃をぬいて、こめかみに一発〝クー・ド・グラース〟（慈悲の一撃）を射ちこんだ。少年は崩れ、うごかなくなった。鮮血がほとばしってやせた頬と首を浸した。

銃音がとどろいたとき、私のなかの何かが粉砕された。膝がふるえ、熱い汗が全身を浸し、むかむかと吐気がこみあげた。たっていられなかったので、よろよろと歩い

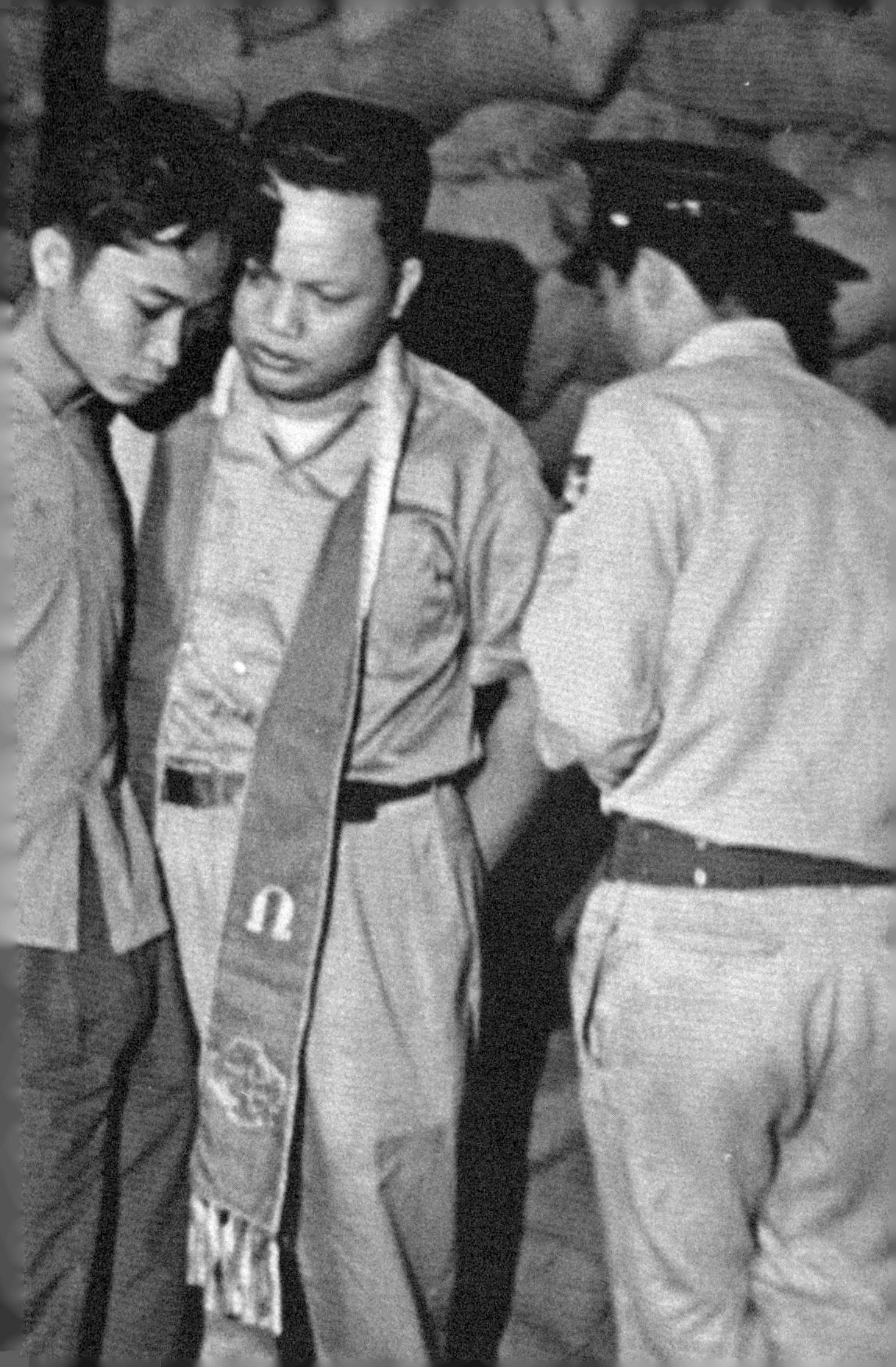

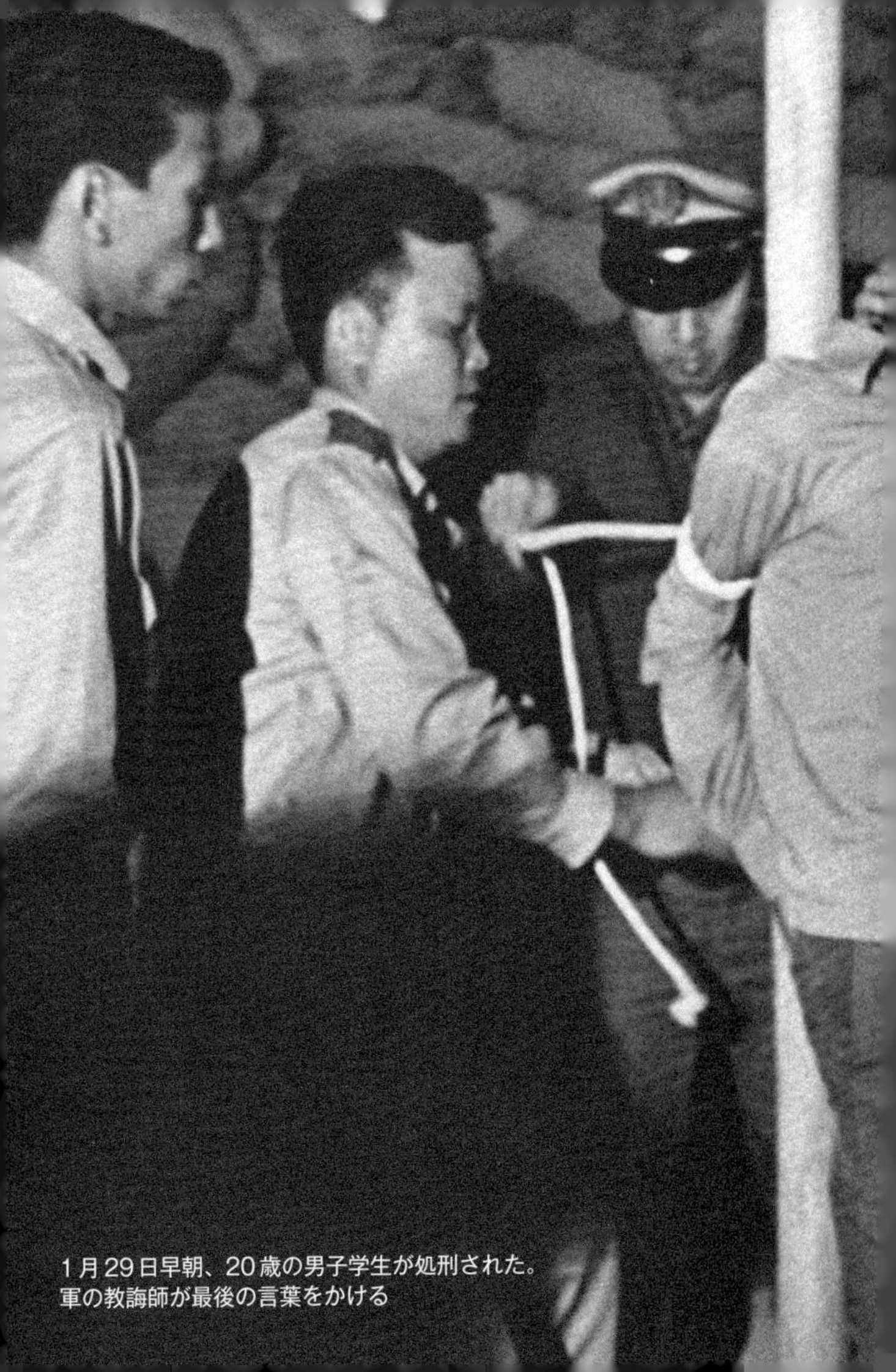

1月29日早朝、20歳の男子学生が処刑された。
軍の教誨師が最後の言葉をかける

朝5時45分、10人の憲兵が銃の引金をひく

て足をたしかめた。もしこの少年が逮捕されていなければ彼の運んでいた地雷と手榴弾はかならず人を殺す。五人か一〇人かは知らぬ。アメリカ兵を殺すかもしれず、ベトナム兵を殺すかもしれぬ。もし少年をメコン・デルタかジャングルにつれだし、マシン・ガンを持たせたら、彼は豹のようにかけまわって乱射し、人を殺すであろう。あるいは、ある日、泥のなかで犬のように殺されるであろう。彼の信念を支持するかしないかで、彼は《英雄》にもなれば《殺人鬼》にもなる。それが《戦争》だ。しかし、この広場には、何かしら《絶対の悪》と呼んでよいものがひしめいていた。あとで私はジャングルの戦闘で何人も死者を見ることとなった。ベトナム兵は、何故か、どんな傷をうけても、ひとことも呻めかない。まるで神経がないみたいだ。ただびっくりしたように眼をみはるだけである。呻めきも、もだえもせず、ピンに刺されたイナゴのように死んでいった。ひっそりと死んでいった。けれど私は鼻さきで目撃しながら、けっして汗もかかねば、吐気も起さなかった。兵。銃。密林。空。風。背後からおそう弾音。まわりではすべてのものがうごいていた。私は《見る》と同時に走らねばならなかった。体力と精神力はことごとく自分一人を防衛することに消費されたのだ。しかし、この広場では、私は《見る》ことだけを強制された。私は軍用トラックのかげに佇む安全な第三者であった。機械のごとく憲兵たちは並び、膝を折り、引金をひいて去った。子供は殺されねばならないようにして殺された。私は目撃者にすぎず、特権者であった。私を圧倒した説明しがたいなにものかはこの儀式化された蛮行を佇んで《見る》よりほかない立場から生れたのだ。安堵が私を粉砕したのだ。私の感じたものが《危機》であるとすると、それは安堵から生れたのだ。広場ではすべてが静止していた。すべてが薄明のなかに静止し、濃縮され、運動といってはただ眼をみはって《見る》ことだけであった。単純さに私は耐えられず、砕かれた。

薄明のなかでラッパが二度、低く、吐息のように呻めくのを聞いた。子供は黒布の目かくしをとられ、柱からはずされ、ビニール膜を敷いた棺のなかに入れられた。蒼白なはだしの囚人たちが棺に釘をうち、自動車にはこびこんだ。海と空のかなたの快適な、脂っぽい、衰弱した平和を粉砕するため、アメリカ人、フランス人、イギリス人、ベトナム人のカメラ・マンたちが足音たてて殺到した。カラスの群れのように、ハイエナの群れのように彼らは棺のまわりに群れひしめいて、ファインダーの小窓をとおしてフィルムをまわしつづけた。死は《死》となった。セルロイドにつめられた劇となった。アナウンサーのおしつぶした感傷的独白で語られる、似ても似つかぬものとなって《死》はタン・ソン・ニュット空港から全世界に輸出されるであろう。彼らの去ったあと、消防車がきて舗石にほとばしった血を流した。兵隊たちが軍用トラックに砂袋を積みこみ、柱を投げこんだ。二十分もかからずにすべては消えた。

円形広場のふちにある汚ない大衆食堂に入って私たちはコカ・コラを飲んだ。日野啓三はうなだれてつぶやいた。

「おれは、もう、日本へ帰りたいよ。小さな片隅の平和だけをバカみたいに大事にしたいなあ。もういいよ。もうたくさんだ」

私は吐気をおさえながら彼の優しく痛切なつぶやきに賛意をおぼえ、生ぬるく薬くさい液を少しずつのどに流しこんだ。ときどき液は胃からのどへ逆流しようとした。人間は何か《自然》のいたずらで地上に出現した、大脳の退化した二足獣なのだという感想だけが体のなかをうごいていた。私はおしひしがれ、《人間》にも自分にも絶望をおぼえていた。数年前にアウシュヴィッツ収容所の荒野の池の底に無数の白骨の破片が貝殻のように冬の陽のなかで閃いているのを見たとき以来の、短くて強力な絶望だけが体を占めていることを発見した。

『東亜日報』の韓国人記者の李志寛君がコカ・コラの瓶を前にしてうなだれている私の耳もとに口をよせ、ひそひそとたずねた。

「気持ガ悪イノデスカ?」

私は手をふった。

「いや。いいんです。大丈夫です」

四時間後、熱帯の朝の陽が陽気に踊っている輝やかしいタマリンド並木のカティナ通りへ私と秋元キャパはのろのろとマジェスティック・ホテルから這いだした。ビデで現像したフィルムを東京に送るためにタン・ソン・ニュット空港へいくのである。秋元キャパは写真にそえるためにもっと長い文章を書け、もっと長い文章を書けと低声で強制したが、私は吐気に圧(お)されて短い文章しか書けなかった。すべては写真が語るから説明文などはくだらぬ蛇足にすぎぬといいはって私はベッドへもどってしまったのだ。毛布を体に巻いてよこたわっていると、人間は大脳の退化した兇暴なる劣等の二足獣にすぎないのだという短い感想だけが体の上をあがったりさがったりした。

いつものはだしの少年と少女が私たちを見つけ、新聞を抱えてかけよってきた。『サイゴン・デイリー・ニューズ』が十ピアストル、『サイゴン・ポスト』も十ピアストルである。私たち二人はだまってさしだされるままに二人から四枚の新聞を買いあげ、いくらかチップをはずんだ。秋元キャパは浴室でうごきつづけたがまだ粉砕からたちなおれずにいた。ベトナム語がまるで通じないのだから日本語でしゃべるのとおなじで、そうしたほうが顔や声に感じがでてかえってハッキリこちらの意思が通ずるのだという考えを彼は持ち、かねがね実行していた。はだしの子供二人が新聞をさしだしてかけよると、彼はポケットから金をつかみだし、日本語で茫然と

「……笑って暮せよ、な」

とつぶやいた。

(註・新聞にはレ・ヴァン・クェン少年の運んでいたのは〝地雷二個、手榴弾一個、指令書一通、宣伝ビラ多数〟とでていた。少年の名はその朝の新聞にとつぜんあらわれ、二、三度使われてからとつぜん消えた。

二月に入って旧暦正月があけてから中部の港町のクイニョンで米兵のホテルが爆破された。二六人の米兵が即死し、ホテルが根こそぎ飛散した。四十ポンドの爆薬をつめたスーツ・ケースを二個運びこみ、狙撃兵が乱射して米兵をホテルのなかに閉じこめてから爆破したのである。二人のベトコンも死んだ。特攻隊ではなかったかと思う。ホテルは鉄筋四階建であったが根こそぎ崩壊した。前線からサイゴンに帰ってくると、ホテルの鍵箱に情報提供者のメモがあって、『レ・ヴァン・クェン二対スル報復テロデス』と書いてあった。)

〝ベン・キャット砦〟の苦悩

ジャングルの海に漂う砦と兵と人

ベン・キャットはサイゴンの北西五十二キロの地点にある小さな田舎町である。国道十三号線というハイ・ウェイが走っている。この街道を五分も歩けばたちまち外へでてしまうほど町は小さい。乗合バスは町にとまって二、三人の客をおとすと、二、三人の客をひろって、すごい速さでジャングルのかなたへ消えてしまう。夕方六時以後はいっさい交通がとだえる。町は有刺鉄線で閉ざされ、朝になるまでひらかれない。

ヘリコプターUH—1Bに乗って空から見おろすと、町と砦は海のようなジャングルとゴム林のなかに漂っている。まるで一つの小さな点ぐらいにしか見えない。ゴム林は整然とした茶畑のようだが、ジャングルときたら地平線のかなたまでただ広漠とした葉の海である。町と砦はそのなかにおぼれてしまう。ヘリコプターも小舟が漂っているとしか見えないのである。作戦用語でいうとこの地区はCゾーンのはずれ、Dゾーンのはじまり、両地帯の境界線あたりに位置している。Dゾーンとは南ベトナムでもっとも危険度の高い地帯で、ここの広漠としたジャングルの地下にはクモの網のようにトンネルが走っている。基地としてのベン・キャット砦は国道を防衛しつつ、附近のジャングルや村へたえまなく迫撃砲や無反動砲をたたきこんでベトコンの南下を食いとめるのが使命である、ということになっている。

私と秋元キャパの二人は二回この基地を訪れ、前後あわせて二週間余を兵舎で暮し、作戦に参加したが、なぜこの砦を選んだかについては何の考えもなかった。サイゴンのレ・ロイ街にあるアメリカ顧問団（Military Assistance Command, Viet Nam 略してMACV（マクヴィー）という）の情報連絡室へ入っていって、ある日、戦争を知りたいといったら、〝ユー・アー・ウェルカム・サー！〟といわれて送りこまれたのがそもそものはじまりである。よく事情がわからないころにはこの部屋のモエン少佐に最前線はどこですか、どこですかとたずねて何度も説教された。〝最前線〟の〝現地〟へ迷いこんでからも戦争はどこにあるのですか、最前線はどこですかと聞いて、そのたびにたしなめられた。それがわかってるくらいなら苦労はしないよというのだ。私たちだけではない。ストックホルムからきた眉の毛一本もないタコ坊主みたいに無気味な顔をした新聞記者も最前線はどこですかと聞いてたしなめられているのを見た。誰でも一度はそう聞いてしまいたくなるのである。最前線がどこにもない、いや、全土が最前線だというのがこの国の戦争の特長である。ベン・キャットも最前線ならサイゴンのマジェスティック・ホテルだって最前線である。いつフッとばされるかわからないのである。戦争は水銀の粒のように、地下水のように、たえまなく流動して、つかまえようがない。いつどこでプラスチック爆弾が炸裂するか知れず、いつどこから狙撃兵のライフル銃弾がとんでくるか知れないのである。たった一人しか死なないこともあるし、三〇〇人が一度に死んでしまうこともある。十分か十五分で終ってしまうこともあるし、一週間ぶっつづけに殺戮がおこなわれることもある。虎をつかまえるワナで人間が芋刺しになることもあるし、超音速ジェット機のロケット弾で殺されることもある。石器時代から原子時代までのあらゆる武器が使われているのだ。要するに、〝すべて〟である。全土、全人民、全武器、朝から晩まで、季節を問わず、戦争は巨大で微細な多頭多足の不死の怪物となってこの小さな国でのたうちまわっているのである。

ＭＡＣＶは薄気味わるい親切さで私たちを迎えてくれた。身分証明書のカードはその場で十分ぐらいでつくってくれ、何やら一枚の紙をさしだしてサインして頂けますでしょうかという。ハンコをおすときは慎重だがサインは飲み屋のツケしか知らない日本人の一人としてろくに文章も読まずにサインしてしまったが、あとでよくよく読

9

んでみたら、『小生儀、万一、負傷または死亡いたしましても、何の抗議もこれ致しませず候』というような大意の文章であった。おどろいたがもうおそかった。タン・ソン・ニュット空港のどこかにはすばらしいアメリカ製の棺桶が山積みになっているそうである。米兵は死ぬと内臓をぬかれ、防腐剤をつめこみ、星条旗で棺を包まれてマニラ経由、サンフランシスコへ送り返される。ある日、岡村将軍は昼寝からさめたとき、ふと、この未使用の棺桶の山を写真にとってみようという気を起した。空港のどこかに大きな倉庫があって新品のピカピカ光る棺桶がメイシー百貨店の家具売場みたいにずらりと並んでいるのだというイメージが兵隊刈の丸い頭のなかにしのびこんではなれなくなってしまった。ベッドからおりるといそいで彼はライカにフィルムをつめこみ、足速くタマリンドの並木道を歩いていった。いそいそとMACVの部屋へ入ってゆき、顔見知りの情報担当官に希望を述べた。そして、淫売の小伜だの、ちきしょうだのと、品のわるい大声でどなられ、彼としてはたった一回の光栄ある後退をおこなった。

ヘリコプターに乗せてくれというとモエン少佐はエール・フランスの予約係の娘さんのようにニッコリ笑って

「ユー・アー・ウェルカム・サー！」

という。

いそいそと予約申込書をとりだし、日本製のマジック・インキで私たちの名を書きこむ。タイニンへゆく途中にベン・キャットという基地があります。ここは熱い。煮えております。おいでになりますか。宿泊の御予定は何日ぐらいですか。私たちは答える。わかりません。何か見るまでいるつもりです。少佐はうなずく。よろしい。よろしい。いまから空港に申しこみましょう。明朝十時半、ホテルの入口で待っていてください。自動車でお迎えに参ります。いいですね。グッド・ラック。翌朝ホテルの入口で、町の中国人の服屋で買ったオリーヴ・グリーンの米兵の野戦服を着て私たちが待っていると、十時半キッカリに少佐はピカピカ光る大型乗用車であらわれ、タン・ソン・ニュット空港へつれていってくれる。UH—1Bはジェット・エンジンを温めてぶんぶん唸っている。銃手が二人、機関銃と弾帯をはこびこみ、ヘリコの入口の支柱へ据えつける。バイ、バイといって少佐は握手し、ニコニコ笑いながらつぎの亡者をはこびにサイゴンへもどってゆく。能率。正確。ガソリン。親切。善意。率直。鉄。弾丸。豊富。戦争。Is this America?……

〝チョッパー〟（武装ヘリコプターのこと）に乗るたび私は不安で不安でならなかった。葉の海のなかにひそんでいるベトコンは近ごろ、米国製のすばらしい銃を持っていて容赦なく射ってくるのである。五七ミリ対空機関砲も持っているとかで、あたりどころがわるかったら一発でおちる。機体の鉄板などビニール膜を錐でつらぬくよりもやさしい。毎日毎日サイゴンの新聞はヘリコが射ちおとされたニューズを満載している。おそらく十台に二台はおちるのじゃないかと岡村将軍はいうのである。二人の銃手はヘルメット、防弾チョッキ、お尻には防弾用のプラスチック皿を敷き、機関銃の引金に指をかけて、たえまなく眼下の泥や葉の海を見おろしている。いつ射たれても射ちかえせる姿勢である。タン・ソン・ニュット空港をでてから目的地に着陸するさいごの瞬間まで引金から指をはなさない。よくよく安心できる地区でなければドアをしめない。風がびゅうびゅう吹きこんで、全身が凍りそうだ。私は五七ミリがいまに床の鉄板をつきやぶってお尻にとびこみはしないか、胸をやられはしないかと思って、気が気でない。サラマス書店で買った文庫本のチェーホフ短篇集を左の胸のポケットに入れ、銃手の防弾チョッキで蔽われた背にピッタリくっつくようにして席にすわる。チェーホフ短篇集で心臓をかくしてどうしようというのだ。股のあいだに水筒をはさんでどうなるというのだ。五七ミリは鋼鉄の板を豆腐みたいにつらぬくのだヨ……

ルイジアナの小さなニュウェルトンという田舎町出身のロイ・J・ヤング少佐は空からふってきた私たちを大歓迎してくれた。将校の寝る小屋につれこんで蚊帳つきベッドをくれ、タオル、石鹼、シャツ、パンツまでだして、使ってくれという。香港から休暇あけで帰ってきたときは土産だといってカシミヤのセーターを二人にくれた。

毎日、たえまなく気を配って、私がぼんやり物思いにふけっていると、だまって酒保からビール、ジュース、コカ・コラ、ウィスキー・コーク、ブラッディ・メアリなどをはこんできては、飲め、飲めといった。そこで、二度めにいったときは、サイゴンから黒レベルのジョニー・ウォーカー、オリーヴの大瓶、サラミ・ソーセージ、日本のおかき、芸術写真数十枚を土産としてはこびこんだ。このさいごのものはカティナ通りで〝フレンチ・ガール・ナンバー・ワン！〟と叫びたてられたので千五百ピーだというのを三百ピーで買った。けれど三枚だけが〝ナンバー・ワン〟で、あとの数十枚はことごとく〝ジョートー〟だった。つまり、日本女のそれだった。もう十数年も以前に別府の旅館で番頭から買わされたのと同一物であったのには二度おどろいた。小柄な彼女は十数年前とおなじ若さと、はじらいと、いじらしさで、まじまじと眼をみはりつつこちらを見ていた。

『叩けよ。さらば開かれん』

『天使よ。故郷を見よ』

『戦闘力を蓄積せよ――ウェストモアランド将軍』

『故郷よ。おお。故郷よ』

『ひっくりかえして見てはいけません』

写真の裏に状景にあわせてそんなことを書いて持っていったら、ラス曹長やラスカー大尉などは腹をかかえて笑いころげた。

樹海に三方をかこまれてあとの一方だけが水田と街道に向ってひらいているこの砦は歯まで武装していた。M―24型タンクが十二台、一〇五ミリと一五五ミリの無反動砲が七門、あちらこちらに穴を掘って迫撃砲が数門あった。これらの砲兵隊やタンク隊のほかに、歩兵隊が四大隊ほどと、特殊部隊が数大隊いた。一月にはベトコンとの〝接触〟は十七回あった。一晩じゅうに一〇五ミリと一五五ミリがかわるがわるに百三十発射たれたこともあったし、徹夜で迫撃砲が射ちに射ちつづけたこともあった。樹海のベトコンの正規兵数大隊がビン・ジア作戦に参加するため南下して留守になったせいか、ベトコンはたえまなくうごいてはいるが襲ってはこないという時期もあった。正月（旧暦・二月二日から）までにはかならず何かでっかいことをやってやるとベトコンが附近の村民にいいふらして歩いているという情報が何度も入った。砦の入口へトラックで乗りつけ、堂々正面突破を試みるのだといったそうである。

「……それはまず不可能だ。ここは強く固めてある。ＶＣはそのことを知りぬいている。だから入口に乗りつけるというようなことはあり得ないだろうと思う。しかし、正月までに何かでっかいことをやるということは十分考えていいことだよ。彼らは賢くて、慎重で、勇敢だ。そういったのなら、そうするかもしれない。アジア人で兵隊として優秀なのはベトコン、北ベトナム人、中国人、日本人などだ。韓国人もわるく

ビン・ジア基地にて

ないな。けれど率直にいって、南ベトナム人はダメだ」

ヤング少佐は何度もそういった。

二月の正月があけてからベン・キャットへいってみると、様相が一変していた。ベトコン三大隊か四大隊がたえまなしにうごき、南下もさることながら、砦そのものを狙いだしたというのである。堡塁（ほうるい）の塹壕が強化され、鉄条網が三重になり、〝クレイモァ〟という電気地雷がいくつとなく仕掛けられた。緑色の小さな鉄の箱だけれど、最新型であって、ものすごい爆発をするという。一つ一つの塹壕に電線がひいてあり、スイッチがついている。私たちも塹壕をわりあててもらった。穴のなかには発煙筒、照明弾、手榴弾、サブ・マシン・ガン、マシン・ガンなどがころがって足の踏み場もない。火線と鉄条網を突破してベトコンがなだれこんだら、いよいよさいごという瞬間にこの〝クレイモァ〟のスイッチをおしてくれ、それまでは手もふれちゃいけないといわれた。毎夜、十二時近くになると、アメリカ人は曹長も大尉も、ほとんど全員が完全武装して穴のなかにもぐりこんで夜をあかした。手榴弾、ナイフ、防弾チョッキ、拳銃、自動銃、ポケットというポケットに弾丸のカートリッジをつめこんだヒューズ中尉がよっこらしょとたちあがると、体が三倍くらいにふくれて見えた。全身まるで武器倉庫みたいな恰好になって彼は闇のなかに消えてゆく。私たちは着のみ着のまま靴をはいてベッドによこたわり、蚊帳のなかで待ちつづける。暗がりのなかでヤモリが鳴く。ときどき寝呆けて天井からおちる。ライターをつけてみると、ハゼそっくりの怜悧な顔だちをした灰褐色の小さな紐がお尻をふりふり逃げていった。

ヤング少佐のいうところによると、附近の町民や村民は九〇パーセントまでがベトコンであり、ベトコン同調者であるそうだ。兵隊のなかにもベトコンが入っている。誰がそれだとはわからないのだが、きっと入っているという。町から床屋がときどきくるが、これがベトコンのクーリェ（急使）であって、兵隊の頭を刈りつつ話をよく聞き、仕事が終ると町へ帰ってベトコンに見聞を報告するのだそうだ。金に困るとベトナム兵はベトコンに弾丸を平気で売る。しかも彼らはいつも金がないときている。

「……まるで地雷の上で毎晩寝てるようなもんですね？」

「イエス・サー！……」

「自分の売った弾丸で自分が殺されるというんですか？」

「イエス、サー！……」

「……」

砦の床下にまでおよぶ、ベトコンのトンネル

ここの内部事情はくまなくベトコンに知れわたっているはずだ。二人の日本人がき

て住みはじめたということも知れわたっているはずだという。そういわれて二人の日本人は茫然と顔を見あわせた。

ベトコンはその気になれば一日に二十キロ、三十キロは平気で移動できる。自動車のタイヤでつくったホー・チ・ミン・サンダル一つをつっかけてネコのようにすばやく、やわらかく、走る。土の固いところではモグラのようにトンネルを掘る。ジャングルの地下がそうだ。地下三メートルから五メートルの深さで、直径一メートルくらいの地下道を掘る。掘った土はジャングルの下茂みのなかに薄くまいてかくしてしまう。ふつう地下道は無数の枝道や空気ぬきの穴を持っていて、三キロから四キロの長さに達する。なかには十一キロのもあった。このトンネルにはひとつおどろいてよいことがある。よほど土が固くてしまっているということなのか、支柱が一本も使われていないのである。ニューヨーク出身の老兵で電気をいじるのが専門のライアン兵卒は私がベトナム人のタンク隊長から小屋でトンネル学の講義をうけているところへ通りかかって話の仲間に入り、あれは建築学上の魔法なんだといって、感嘆して眼を細めた。タンク隊長のいうには、ＴＮＴを入口の底に仕掛けて爆破してみたことがあるが、こわれたのは入口だけだったそうである。催涙弾を何発もたたきこんで扇風機で風を送ってみるということもしたが、ついにネズミ一匹でてこなかった。腰にロープをつけて穴のなかにとびこみ、サブ・マシン・ガンを乱射してから這いこんでみたが、

ビン・ジア基地にて

空気が腐ってひどい匂いがたちこめ、とても十分とがまんができなくて、もどってしまった。

「……どうしてベトコンがあんな穴のなかで暮せるのか、俺にはわからない」

タンク隊長はそういって、呆れたように、感嘆したように首をふった。彼は少年のときからもう十六年も軍隊で暮してきた男で、精鋭将校の一人である。タフで、果敢で、戦闘のことを話していると、ときどきすごいいろが小さな眼のなかに閃く。その男でも頭をふって、匙を投げてしまうのである。

大隊長のグェン・ヴァン・トゥ中佐はオットセイの牡みたいな人物であった。子供が十五人いる。ダラットの本妻に九人、サイゴンの妾に六人いて、どちらか忘れたがいまもう一人ができかかっている。それでいて兵舎では毎夜のようにどこからか若い女をひっぱりこむのだ。夕暮れどきになると強助(つよすけ)氏がさっさと軍服をぬぎ、作戦室や無電室へパジャマ姿でゆうゆうと歩いてゆくのが見られた。はじめてベン・キャットへいったとき、お目見得に顔をだしたら、氏はつい一週間ほどまえに八一ミリ迫撃砲を森からたたきこまれて部屋を粉砕されたところだった。天井をやぶってとびこんだ砲弾は寝室も便所も区別なしにブッこわしてしまったが、氏はカスリ傷ひとつ負わなかった。ふしぎな人物である。つよい男なのである。よほどニョク・マムを愛用しているのであろうか。

砂袋を何重も壁につみあげ、大工が天井へ鉄板をギッシリ張りつけて、どんどんガンガンやっていた。強助氏はそのなかにドッカと腰をおろし、すごいフランス語なまりの英語でまくしたてたり、発作的に豪傑笑いをやってみせたりした。そして、この大工もＶＣかも知れんからまた情報がつつぬけになって砲弾をたたきこまれるだろうという。なに、ニョク・マムを食べてたら大丈夫ですサ。

氏はトンネルについてこんな経験を話す。

「……なにしろ奴らは十一キロもトンネルを掘ってきて、それがこちらにはどうにもわからないんだから手を焼くよ。おれは新しい土地についたらきっとトンネルを調べさせることにしてるんだ。あるときなど、奴らはこともあろうに砦の壁や兵舎のしたをずうッと掘りぬいて司令部室の床のまんなかへ顔をだしたことがある。ひょっこり顔をだしたんだ。まっ昼間にだよ。夜と昼をまちがえたんだな。ワッとつかまえてやった。昼だったのでわかったけれど、これが夜なら地雷を仕掛けられて木ッ端微塵だよ。奴らはそれを狙ってたんだ。ＶＣは何をたくらむか知れたもんじゃない」

氏もまた呆れたように感嘆したように首をふり、ワッハッハッハッハアアアアアと哄笑した。豪傑笑いじゃあるけれど、いささか発作的でヒステリックである。二人の日本人は閉口して、口ぐちに、あなたは勇敢だとか、すごいもんだなどといって退散した。ヘリコでジャングルの上を漂っているときはいまにお尻の穴をぬかれるのじ

ビン・ジア基地にて

ゃないか、いまに五七ミリがとびこむのじゃないかと気もそぞろであったが、地上は地上でまた下からヤラれるというのだ。しかも防ぐテはまったくないというのだ。TNTもダメなら、催涙弾もダメだというのである。二人はのろのろと小屋にひきあげ、ベッドに腰かけて、タバコに火をつけてから、いまに床に穴があくか、穴があくかと、いっしんになってコンクリ床を眺めた。

この砦のなかにはアメリカ人将兵二十数名とベトナムの歩兵隊、砲兵隊、タンク隊などが暮している。アメリカ人の暮す小屋には床にコンクリが張ってあり、蚊帳つきベッドにはマットレスが敷いてある。トイレは水洗式で、プロパン・ガスのボンベがあるからシャワーは湯も水もでる。酒保の小屋もあって、冷蔵庫にはコカ・コラ、フランス・ジュース『セギ』、フランス・ビール『ラ・リュー』などがギッシリ氷といっしょにつまっている。この氷はジープで町へ自動銃さげて買いにゆくのだ。食堂の小屋もある。巨大な電気冷蔵庫がおいてある。アメリカ人は作戦にでたときはベトナム軍の食事を食べる。オニギリを食べ、鶏のどろんこ煮を食べ、ニョク・マムに例の焼きナマズを浸して食べる。ベトナム将校といっしょに食べるのである。本気でうまいと舌つづみうつのは見たことがないが、さりとて、まずいと舌うちするのも見たことがない。ただ黙々と食べる。砦のなかでは完全なアメリカ食である。ハンバーグ。ビフテキ。スパゲティ。コーンフレイク。脱脂ミルク。アップル・ジュース。メニュは日によって変り、十五種ぐらいだろうか。調味料はコショウ、ケチャップ、砂糖、すべてアメリカ製品で、ベトナム製といっては妻楊枝があるきりだ。週に一回くらい夕食にTボーン・ステーキがでるが、グローブぐらいの大きさで、ひときれ食べたら全身がビフテキみたいになって身うごきできなくなる。これを食べたら腹が固くなるからもっと食べろ、もっと食べろとすすめられるけれど、どうにもならない。水からあがった幽霊みたいに蒼ざめた、悲しげな顔つきをしたベトナム人のコックが皿をはこびこみ、食事が終ると悲しげに皿をはこび去る。

夕食が終って日が森に沈むと

「ムーヴィー・タアアアイム！……」

の叫び声。

重油発電機の巨大なのが二十四時間唸っているので映画が見られる。スポーツが一本、劇映画が一本の二本立興行で、番組は毎日変る。サイゴンから毎日〝チョッパー〟が運んでくるのである。スリラー、コメディ、ミュージカル、シリアス、何でもある。兵隊たちは上半身はだか、あるいはパンツ一枚になり、暗がりにすわりこんで『ラ・リュー』やコカ・コラをラッパ飲みしながら下品なるヤジをとばして映画を見る。ラヴ・シーンになるときっといっせいに〝チョーヨーイ！〟という叫びが起る。

「あの女しゃべるぞ。見てろ見てろ。きっといまにしゃべるからナ。ホラ、ホラ。唇うごいた。しゃべるぞ。何かいうぞ。あ、いうた。やっぱりだ。しゃべりゃがった。オレの思ったとおりだ。ナ、そうだろ。ちゃんとわかってんだから。やれ、もっとやれ！……」

やかましいったらない。

こうして映画を見てるときでも一〇五ミリや一五五ミリや八一ミリはおかまいなしに咆えるのである。キッスしようとするのを見とれているところへドドドドッッッと一五五ミリが咆えたて、スクリーンがびりびりふるえる。思わずとびあがってしまう。アメリカ兵は慣れっこになってびくともしない。私が〝ちきしょうめ！〟と叫んでとびあがるのを見て大声で笑う。暗い、遠くの森のなかでは土と木が噴水のようにとび、誰かが死んだ。

ベトナム兵の小屋には何もない。アメリカ兵の小屋のすぐよこにあるが、何もない。床板もなければ、入口には戸もない。トイレもなければシャワーもない。塹壕のうしろに一五五ミリの薬莢の殻がグイと土にさしこんであって、そこへオシッコをするのである。蚊帳もなければ、マットレスもなく、本もない。本なんかいらないのだ。電気がないから本があったところで読めやしない。アメリカ人の小屋には十時の消燈時間まであかあかと螢光燈がつき、映画が上映されているが、その十メートルよこのベトナム兵の小屋はまっくらである。将校の机に豆ランプが一つぽつんとあるだけで、あとは何もない。縁台床几のような板張りのベッドに貧しい国の貧しい兵隊たちはごろりとよこたわり、暗がりで牛のような寝息をたてている。ほんとにこれは家畜小屋なのだ。物置なのだ。自動銃や鉄兜やカートリッジなどがあるきりの、戦争道具と人体をつめこんだだけの物置なのだ。壁に粗末なボール紙製の小さな仏壇がつくってあって、線香とお燈明のロウソクがいつも捧げられてある。仏教徒としての彼らの信仰は篤い。トム・ジャック中佐のひきいる従軍僧たちは強助中佐よりも兵のあいだでつよい影響力を持っているのだ。これは強助中佐もみとめた。さすがの彼も、坊さんにはかなわないといってある日私たちに告白したことがある。

ベトナム兵は洗面器で顔を洗い、体を洗い、その洗面器に米飯やオカズを盛り、作戦だというと茶をわかして水筒につめる。彼らにとって楽しみはまったく食べることと寝ることだけで、ひまさえあればしゃがみこんで洗面器のまわりに群がり、口をうごかしている。夜になって〝ムーヴィー・タアアアイム！〟の叫びが聞えると、彼らはいそいそとかけつける。そしてアメリカ人の小屋のまわりにたったりしゃがんだりして群がり、蚊よけの金網ごしに鼻をおしつぶしてジョン・ウエイン主演の南海ロマンスやニューヨークの摩天楼街に展開するミュージカルや、それから、『ロリータ』などという映画を、ただまじまじと眼をみはり、息つめて眺めるのである。アメリカ人たちは彼らが小屋に入ることを何とも思っていないが、ベトナム兵たちは小屋の外

に、何時間も、ただ黙ってしゃがんだり、たったりしているだけである。ラヴ・シーンがはじまると彼らも声そろえて〝チョーヨーイ！〟とヤジをとばす。映画が終るとひそひそと小屋へもどってゆき、まっ暗ななかにごろりと寝ころがるのだ。彼らをなぐさめてくれるものはヤモリの鳴声だけである。ほかには何もない。ほんとにない。何もないといったらまったく何もないのだ。アメリカ兵のベトナム勤務は一年である。ふたことめには彼らはあと何カ月だ、あと何カ月だ、そしたらおれはステイツへ帰って……と指おり数えている。けれどベトナム兵は指をおることができない。日を数えるわけにいかないのだ。彼らの兵役は無期限なのだ。かたわになるか死ぬのでもないかぎり、この苦役からは逃げられないのだ。ベトコン側への逃亡者や戦線離脱者が日を追って増すばかりである。

「……こういうあからさまな不公平は士気に影響があると思いませんか？　あなたがたはアメリカ流に暮し、彼らはベトナム流に暮してますが、それだけでしょうか？」

ある日、ベトナム将校と小屋でビールを飲んで帰ってきてからトイレわきでヤング少佐にそういうと、彼は何度も何度もうなずいた。そして低い声で、いいことだとはけっして思っていないが、政府間協定だからうごかせないのだと、胸苦しげにつぶやいた。

アメリカ兵といっしょに寝起きするのは私にははじめての経験で、じつにさまざまなことを教えられた。彼らは茶目で、陽気で、人がよく、率直で、忍耐力に富み、義務感はきわめてつよかった。どん底の乱戦におちこんでもさいごのさいごまで弾丸は射たなかった。私をおどろかしたのは彼らが平気で反戦的なことを口にしてはばからないことであった。軍隊といっては旧日本帝国陸軍しか知らない私には、たとえばヴォイティコ曹長の言葉などは、ちょっとしたものであった。ある夕方、ダルマみたいに肥った彼が塹壕に弾薬箱を配って歩いているのを見て、話をしにいった。翌朝の暁方に私たちは一大隊の兵といっしょに輸送大隊防衛のためのハイ・ウェイ・パトロール作戦に参加することになっていた。曹長は私たちに、武器がほしかったら何でも貸してやるからよく考えろとその日の午後いいにきたのである。彼は左腕に女のヌードの入れズミ、しかもちゃんと春草まで刷りこんだ入れズミを持っている。スターリンみたいなヒゲを生やしてるので、三十四歳なのに四十歳ぐらいに見える。頭も肩も胴もほんとにダルマみたいにまるまると肥っている。朝鮮戦争に二回参加し、三十カ月暮した。ベン・キャットにきてからは一カ月にしかならない。豪胆な古兵で、戦争を匂いで嗅ぎつけるタイプである。マシン・ガンやライフル銃弾が頭上一センチをかすめるような乱戦のさなかでもついに鉄兜はかぶらなかった。ジャングルでは私たち二人をけんめいに防衛してくれた。

「武器は持たないことにした」

「そうか」

「武器を持つと誰かを殺さなくちゃいけない」

「武器を持たなくたって君は殺されるよ」

「そうかも知れない」

「戦争だからね」

「とにかく武器は持たないと決心した」

　曹長は入れズミをさしながら、ベトコンを防ぐものは何もないんだ、これだってムダだといって低く柔らかく笑った。彼はゴム林のほうを眺めながら、胸毛を夕風にそよがせつつ、こういうことを話しはじめた。おれは朝鮮戦争に二回いき、三十カ月暮した。朝鮮はひどく貧しいところだ。ベトナムもじつに貧しいところだ。金持と貧乏人しかいない。サイゴンで金持は金を儲けるいっぽうで、貧乏人は貧乏になるいっぽうだ。このあたりの村を明日よく見てみろ。若いやつなんて一人もいやしないぜ。みんなVCへゆくか、政府軍の兵隊にとられるかしたんだ。田畑は荒れるいっぽうだ。戦争がなくたってこの国の百姓はろくに食えたためしがないらしいんだ。だからコミュニズムに走るのだ。当然のことだよ。コミュニズムは一党独裁だからおれの意志で政治家や指導者をとりかえることができない。デモクラシーではそれができる。おれはデモクラシーのほうがいいと思う。しかし、この国の貧しい百姓がコミュニズムに

走るのをおれは責めることができないのだ。どうして責められるか。百姓はデモクラシーもコミュニズムも、そんなことは何も知りやせぬ。おれもベトコンのことはよく知らぬ。しかし彼らは何か百姓に訴えるものを持っているらしい。だからこんなに広がったんだ。おそらくこの戦争は結局のところベトコンの勝ちで、インドシナ半島はコミュニストの手におちるだろうと思う。おれはいいことだとは思わぬが、どうしようもない。たぶんおれはまちがっていて、コミュニストなのかも知れない。しかし、とにかくそれがおれの意見なんだ。

「……正しいと思う。あんたはまちがってないと思う」

私はちらとチク・チェン・アン師のことを思いだした。アン師はコミュニズムに反対の意見を持っているが、ある日お寺の部屋で国の貧しさを語ったあと、つくづくといった口調で吐息まじりにベトコンに走る農民のことを、〝人間ハ食ベル物ガナイト草デモ食ベルノデス〟といった。曹長は韓国を三年見てアジアは下から見なければいけないのだということをさとったのであろう。ヒューズ中尉のように作戦の小休止に草むらで『洗脳』という文庫本を読んで上から思考を形成しようなどとしないのはおそらく彼の惨苦にみちた韓国での体験の所産ではないかと思う。けれど曹長はベトコンのことはコミュニストだと信じきってうごこうとしなかった。コミュニストは意外に少なくてむしろ民族主義者や自由主義左派のグループのほうが多いらしいのだということを私はいったが、彼は頭をふってうけつけようとしなかった。

「かりにいまはそうでも、やがてはコミュニストになるさ。おれはそう思うね。おなじことだよ」

のちにショロンの中国料理店でドライ・マーティニを飲んで無事を祝しあったとき、曹長は酔って、なんだっておれたちアメリカ人はこんなに憎まれなくちゃいけないんだろうと、ほとんど叫ぶような声をだした。

「中国に一千年やられ、フランスに八十年やられたからベトナム人の〝ゼノフォビア〟(外国人ぎらい)は骨にまでしみこんだ本能だろうと思うな。これだよ。ゼノフォビアだよ。君たちがいればいるほど憎まれる。戦争がつづけばつづくだけ親米派のベトナム人も反米派になってゆく。一日二百万ドルつぎこんで必死になって善意をもって君たちは敵をつくってることになるんだ。ホー・チ・ミンもコミュニストにはちがいないだろうけど彼はそれ以上に民族主義者だと思う。北京に対しても彼は警戒心を持ってるにちがいないんだ。南ベトナム人で反共主義者でもホー・チ・ミンは好きだという人がたくさんいるよ」

曹長は暗い顔になって黙りこんだ。

ヘリコプターから地上を警戒する

すべてがつかれきっている、すべてが……

砦の夜、ひしひしと孤立感と危機感が迫ってきて、白昼よりはるかに私は周囲の人びとに友情をおぼえる。特殊部隊の一人の大尉はいつでも殺意をみなぎらせたすごい眼をしていて、一見して〝殺し屋〟とわかる。いつでも彼は小火器倉庫に手足をはやしたみたいな恰好でベトナム兵といっしょに夜のジャングルへしのびこみ、翌朝おそくに黙って帰ってくる。一糸まとわぬすっ裸となって小屋のなかを歩きまわり、小さな扇風機を股にあててインキンを乾かしてからベッドへたおれる。おそらく彼の手は血まみれになっているのだ。しかし、ある夜ふけ、午前二時ごろ、私はこの兇漢がパッとすっ裸のままとびおきて、すさまじい悲鳴をあげるのを聞いた。

「……まにあうぞ！」

とつぜん彼は叫んだ。

「追いかえせ！　追いかえせ！　追いかえせったら！……」

それだけ叫んでベッドにたおれた。

翌日、ゆうべあんたは寝言いってたよといってやったら、兇漢ははずかしそうに顔を赤らめ、何といってた、何といってたと、せかせかたずねた。私が口真似をしてやると、彼はてれくさそうに、しかしにがにがしそうに薄く笑って、股をポリポリと掻き、どこかへ消えた。

ヤング少佐も朝鮮戦争に参加してアジアを見ているが、ゼノフォビアは彼にも深くとりついてはなれない。彼の場合はフランス植民地主義である。ベトナム国におけるいっさいの悪、利己主義や、陰謀好きや、面従腹背性や、徹底した貧困、文盲、汚職、権力闘争癖など、いっさいがっさいの悪の根源は八十年のフランス植民地主義にある。このフランスよりわるいものは世界になかった。彼らはベトナム人に何ひとつあたえず、ビールから電気まですべてを独占し、血をしぼりとった。いまアメリカはそのゴミ箱をひっかきまわしているのだという。おおむね彼はそういう意見を持っていて、何から何までフランスが憎いのだ。毎朝の食卓にフランス・パンが登場すると舌うちして、〝このフランス・パンのちきしょうめ〟といい、ラッパ飲みするビールがフランス・ビールなのでペッとつばをはく。あるときラスカーおじさま大尉がベトナム人の当番兵のチンが持っている猥本のことを昼寝のあとのむだ話にしていた。チンは英語ときたらOKと例の〝ナンバー・ワン〟ぐらいしかできないくせに何故か後生大事に挿画も何もない英語のサイゴン製猥本をかかえこんでいるのである。

ヤング少佐は憎さげにいった。

「……知ってるよ。おれはずいぶんあの種のやつをサイゴンで読んだんだ。わかったことが一つあるんだ。ああいうエロ本に登場するのはみんなアメリカ人なんだ。アメリカ人がきっと主人公になってるんだ。あれはきっとフランス人のやつらで英語のできるのが侮辱するため書きまくるのにちがいない」

このとっぴな逸走ぶりに温厚なラスカー大尉が苦笑した。昼寝からさめてぼんやりしていた私も耳にして思わずプッと吹きだした。ヤング少佐は顔をあげてこちらを見ると、さすがにテレて苦笑したが、にくにくしそうに

「……シーッ！」（ちきしょうめ！）

はげしく舌うちするのであった。

ヤモリの鳴く夜、私が聞いた。

「……ところで、この国では、金持の家の若い男女はパリへ逃げたがるし、貧乏人は屋根裏へ逃げたがる。みんなのいうところでは将軍たちは蓄財と権力争いに夢中なだけだというし、事実そうです。政治家たちも同様であるという。農民は貧しくて食べるものがない。アメリカは〝自由〟のためにたたかうといいますけれど、いったいあなた自身はここで誰のためにたたかっているのだと感じます？」

私が『ラ・リュー』をひとくちラッパ飲みして床におくと、ヤング少佐はゆっくりとひとくち飲みこんでから、低い声で

「まったくそのとおりなんだ。君が何をいいたいかはよくわかる」

とつぶやいた。

「おれはその質問の答えを知っている。しかしおれは答えたくないし、答えることもできないのだ」

「軍人だから政治に口をはさむことを避けたいのですか?」

「一つの理由はそうだ」

少佐はもっと何かいいたそうな顔つきになったが、ふとあきらめたように口をとざした。じっと頬杖ついて床を眺めた。〝国家〟に肩をおしつぶされそうになっているというふうに私には見えた。あるいは彼は貧しいベトナム農村の若者といっしょに名も知れぬジャングルの下茂みのなかで犬のように死んでゆく自分の姿をありありと凝視しているのである。

「とにかく……」

二男一女のルイジアナの父はつぶやいた。

「とにかくベン・キャットでは夜も永いし、昼も永いんだよ。待つのはひどく神経が疲れる。おれはもう三カ月暮した。あと九カ月だ」

ごろりと彼はベッドに寝ころんだ。深くて、広くて、濃い熱帯の夜が額におちた。ベッドの足もとには、コルトAR—15という自動小銃、靴、鉄兜、水筒、防弾チョッキ、手榴弾がいつでも暗がりでひっつかんで走れるようきちんと並べておいてある。

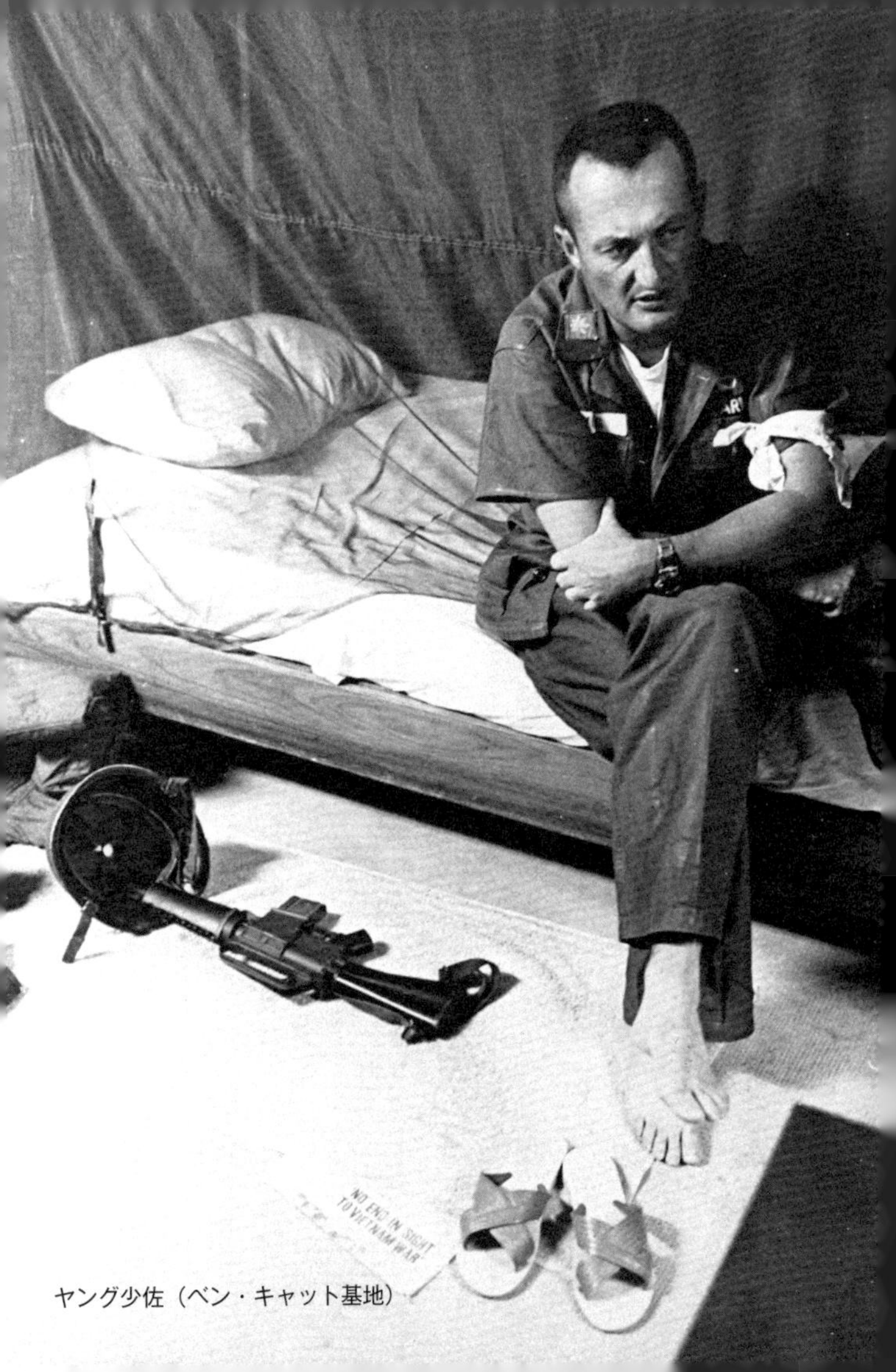

ヤング少佐（ベン・キャット基地）

毎夜彼はそうやって寝るのである。闇の目印に布を腕に巻いている。今夜は左腕の上膊部に白布だ。

「……ベトコンがきたらおれはさいごの一発までたたかうつもりだ。しかし、部下は一人も殺したくない。おれも血は一滴もこの国で流したくないよ。義務は義務として完全に果したいと思うが、率直にいってそれ以上ではないよ。これはここだけの話にしておいてくれ」

べつの夜にはそういった。

有能、勤勉、かつ良心的で精力的な、ちょっと神経質なところのある、文学を尊敬する軍人で彼はあった。優秀なグレイ・ハウンドであり、柔らかな神経のそよぐ謙虚な人間で彼はあった。彼が抱いていてよく口にしたがる意見は、アメリカ人はいま本国で〝豊かな社会〟のなかに暮していて、無関心に支配されているということであった。ここでアメリカの若い息子たちが犬のように死んでいっても、本国の大半の人間は何も知らない。ベトナム戦争については何も知らないのだ。せいぜい朝鮮戦争がつづいているか、アジアはいつもモメてるのだぐらいにしか感じていない。上流階級は良心も知識もあるが、カクテルを飲んでおしゃべりをするだけだ。中流階級は月賦とテレビと息子の進学だ。下層階級ときたらてんで気にもかけぬというのである。近ごろになってようやくいくらか気がつきだしたらしいがもう手遅れだ。アメリカ人は怠情なのだという。ヴォイティコ曹長も似た考えを抱いていて、金儲けに夢中になってるだけだと非難したことがある。

「……それはおかしい。『タイム』も『ニューズウィーク』も『ライフ』も、それに『ポスト』や『ニューヨーク・タイムス』だって、毎号のようにベトナム問題をとりあげてるじゃありませんか。それでいて知らないというのはどういうことです。アメリカはここで何年たたかってるんです？」

　少佐ははげしく舌うちし、いたましげにうなだれた。

「読まんのだよ、アメリカ人は」

「読まない⁈」

「読まないのだ。小学校の先生だってろくに読まないのだ。最近の世論調査でその数字がちゃんとでている。学校の先生だってろくに読まないんだよ。わかるはずがないじゃないか。そうか。君はまだアメリカへいったことなかったんだな。アメリカ人は読まないんだよ」

　とつぜん一五五ミリ無反動砲が咆えだした。夜を裂き、土をふるわせ、何発も何発もたてつづけに砲弾は暗い南西めざしてとんでいった。ヤング少佐はきれぎれに弾音のなかで叫んだ。

「……おれたちは孤立してるんだ。だれにも知られずに死んでゆくんだ。ごくわずかの人間にしか知られていないんだ！」

ベトナム兵はどうだろうか。

兵卒には〝ＯＫ〟、〝ナンバー・ワン〟、〝ジョートー〟ぐらいしか通じないけれど、将校となると、だいたいカタコトながらも英語やフランス語が通ずるので、私はよく彼らの小屋へでかけてお茶やビールを飲み、いっしょに飯を食べた。アメリカ人は少佐も曹長もおなじ食堂でおなじ食事をとるが、ベトナム人は兵隊と将校では食事がちがう。兵隊の食事にはおかずが一品か二品、ブタとキャベツのごった煮に厚揚げ（この国にも豆腐や厚揚げがある）と野菜の煮たものがつくくらいだが、将校食となるとお粗末ながら三品、四品つき、デザートの果物もでる。一度マラリアの予防薬を飲んで頭痛でふらふらしてるときにものすごい悪臭のするニョク・マムをだされて閉口したけれど、あとは兵隊食、将校食、洗面器、どんぶり茶碗、何でも食べてみた。

一人の二十八歳の歩兵隊の中尉がいた。眉濃く、目玉ギョロリ、唇厚く、もみあげのばし、ちょっとした美青年であった。しかし彼はコムプレックスのかたまりで、相手が日本人であろうがアメリカ人であろうがおかまいなしに、おまえはベトナム将校と話をするのがイヤなのだろうとか、おまえはベトナム料理がきらいなのだろう、いやきっとそうにちがいないとか、おまえがオレに会いにきたのはただ昼寝ができないからなんだろうとかいう。イヤな、返答のしにくいことばかりたずねた。

24高地にて

何故かしらこじれているのである。ゆがみなりにゆがんでいるのだ。けれど、そのしこった結び目をときほぐしてやると、今度はさあ飲め、さあ食え、おまえが飲まなければオレも飲まんといいだす。つまり、人なつこいのである。

ベトナムの男は平均五人か六人の妾を持つのがふつうとされているが、中尉は新妻が一人いるきりである。もっと年とってあのふしぎなニョク・マムを食べたら強助中佐みたいになるかも知れないが、いまのところは若い妻一人を守っているきりである。南部メコンのバク・リュウの故郷の町に彼女は住んでいる。二十四歳である。あと一カ月で子供が生れるのである。財布からだした写真を見せてもらうと、眉の濃い、丸顔の、かわいい少女であった。

「美人だね」

といったらニッコリ笑って

「ヤセテル。小サイ。強イヨ」

といった。

彼は一日に十本、欠かさず毎日、『ラ・リュー』を十本飲むのだそうだ。何だってそんなに飲むんだと聞いたら、はじめのうちは水がわるいからとか何とかいってたが、やがてよわよわしく"Military service……unlimited……no vacation"（兵役……無期限……休暇ナシ）とつぶやいたあとで

〝One day, I die.〟（アル日、俺ハ死ヌ）

泣きそうな顔になった。

この中尉がいうのである。

「……砲兵隊、大砲射ツ。一〇五。一五五。ジャングルト村。朝カラ夜、射ツ。イッデモ射ツヨ。ＶＣ死ヌ。百姓イッショニ死ヌ。ＶＣデナイ百姓死ヌヨ。イッショニ死ヌネ。生キル百姓ＶＣニナルヨ。砲兵隊、一生懸命敵ヲ製造。秘密。言ワナイデ。オ前日本ニ帰ル。オ前新聞ニ書ク。ホントヲ書ク。秘密ネ」

くどいくらい何度も何度も彼はそういいつづけ、腕で汗をぬぐいながら亜鉛くさい飯盒でビールをぐびり、ぐびりと飲むのであった。彼の語る悲惨な盲目的非道は事実であるここだけのことではない。ベン・ハイ河からカマウ岬まで、全土にわたってそうなのである。無差別砲撃、無差別空爆である。秘密でも何でもない。政治家も新聞記者も坊さんも、みんな知っていることである。知りぬいていることである。いちいち報道していたらそれだけで毎日、日本の新聞はいっぱいになって、マンガを入れるすきもなくなるほどにやっている。

トンネルの講義をしてくれたタンク隊長は少年時代から十六年も軍隊で暮してきた。アメリカの士官学校へいって一年留学、タンク専門に勉強してきた。冷静沈着であるうえに剛毅である。奥さんはサイゴンにいて柔道か合気道の選手である。一度に三人の大の男が手玉にとれるそうだ。彼はこの妻をたいへん愛し、一日に一度野戦電話を使ってサイゴンと話をする。彼は私とお茶やビールを飲むたびにこの戦争の使命を説いて聞かせた。ここでベトナムがコミュニストの手におちるとタイ、マレー、ラオス、カンボジャなど、東南アジアが一挙に陥落する。そうなれば日本も遠いことではないのだからよくよく注意しなければいけないというのである。

けれど、ある日、この国の人びとは都会といわず農村といわず、知識人といわず農民といわず、また兵士も、ことごとく私に向って疲れた、疲れたというではないか。〝フィニ〟（終った。ダメだ）といい、〝ナンバー・テン〟（最低だ）というではないか。私がそういう話をはじめると、とつぜん彼は大きくうなずいた。

「……じつはおれも生きのこったら来年は軍隊から引退したいのだ。もう十六年ものべつにおれは戦争しつづけてきたんだ。これは永すぎるよ。カントーの田舎へ帰ってバナナや椰子を植えたいよ。田舎には大きな土地があるんだ」

思いがけずしみじみとした口調になったので急変ぶりにおどろかされた。ぽつりぽつりと南部メコンの自分の家や田や畑や水牛のことなどを話しはじめた彼の眼からは殺意が消え、ウサギのようにやさしい農民の眼となった。二度と彼は反共戦の使命を説かなかった。彼も消耗しきっているらしかった。この勇猛果敢な大尉も疲れきっているのだった。ある日、お茶を飲んでから私がたちあがると、とっておきの葉巻を一本、だまって手に握らせてくれた。

何が何でもベトコンを殺しつくしてしまわねばならぬという、苛烈強靱な意志を閃かしたのは、何人も話しあったなかでたった一人である。五四年のジュネーヴ協定以後ハノイ近郊から南下してきた歩兵隊の少尉で、父はサイゴンで医者をしている。四人の男兄弟ことごとくが軍隊に入って将校である。すぐ上の兄は、ある作戦で南ベトナムの大物ドン・ヴァン・ミン将軍の弟でベトコンの将軍になっているという人物を拳銃で射ち殺した。そして昨年末、自分も、例のビン・ジアの作戦で殺されてしまった。

「おれはやる!……」

叫ぶようにして弟は黄昏のなかで両手をうちあわせてみせた。

老いた将校たちとなると、ことごとくフランス語で、〝ヌー・ソンム・ファティゲ〟(私たちは疲れた)といいきり、戦争のことは何も話さなかった。ただ子供の数の多いことや、生活の苦しいことや、毎日毎日の作戦でへとへとになって道の上で寝る暮しのことしか話そうとしなかった。私が第三者的な立場にある日本人だからであろうか。隊長がよこで聞いていても平気で厭戦主義をくりひろげてはばからなかった。隊長自身こくりこくりとうなずいて、何ひとつさえぎろうとしなかった。

軍隊としては南ベトナム国軍は地上最低であったが、人間としての兵士はいじらしかった。ひどくいじらしかった。怠けもので、だらしなくて、鉄砲さかさまにかついで歩き、何かといえば洗面器のまわりにしゃがみこみたがる彼らであるが、単純で、優しくて、深かった。ハイ・ウェイ・パトロールを終って月光の荒野を『24高地』の基地まで私たちは歩いてもどった。朝と夜、三キロさきの地点でものすごい銃撃戦の音がひびいたが私たちは射たれなかった。けれどベン・キャットまで歩いてもどることはできず、『24高地』の塹壕のなかで寝た。これはベン・キャットのすぐ近くの基地で、兵隊たちはトタン屋根の小屋に妻、子、老母たちといっしょに暮している。

朝になって私は塹壕から這いだした。ボウヤァ通信兵にベトナム煙草（ただしイギリス製）の〝ルルルルルルビー・クイーン〟を一本もらって深く深く吸いこんだ。軽金属のような朝の光が砦とゴム林と荒野にみなぎり、私はまだ生きていた。

「……便所どこだ？」

顔見知りの中学生みたいに小さい通信兵をつかまえて聞いてみたが、ニヤニヤ笑うばかりである。ベルトはずしてズボンをおろす恰好をしてみせた。

「ボンブ・アトミク」（原子爆弾だ）

通信兵はとびあがると、私の腕をつかんで堡塁の上へつれてゆき、鉄条網のかなたのゴム林を指さした。森の手前の荒野におなじみの椰子の葉でかこった哲学堂が見えた。川はなかったが快適だった。秋元キャパがやってきて写真を一枚とってから〝ヒロシマ〟をやった。

私はまだ生きていた。

「ナンバー・ワン！……」

通信兵の肩をたたいてやると、うれしそうに笑った。しばらくしてどこかへ消えたなと思っていたら、まもなくもどってきて、私の手にそっと何かにぎらせた。迫撃砲弾のボール紙の薬莢の紙蓋である。何か書いてある。なかなか達筆のフランス語である。将校か誰かにせがんで書いてもらったのであろう。

『隊長殿。ヨロシケレバ森へ行クコトヲ許シテ頂キタイノデアリマス。メルシ！』

通信兵はちょっとはなれた土の上にしゃがみこみ、心配そうにちらちらとこちらを横眼でうかがっていた。私が笑うと、ホッとした顔つきで、ほんとにうれしそうに笑った。寝不足の蒼ざめた、小さな顔を、くちゃくちゃにして笑った。そろりそろりと寄ってきて、もう一枚、おなじような紙蓋を手ににぎらせて去っていった。おなじ達筆のフランス語で書いてあった。私が哲学堂に入っているあいだに思いたって将校のところへかけつけたのだろうと思う。不覚にも涙がにじんだ。

紙蓋には書いてあった。

『隊長殿。ヨロシケレバアナタヲ好キニナリタイノデアリマス。メルシ！』

それでも人間は大脳の退化した二足獣なのだろうか？……

姿なき狙撃者!　ジャングル戦

二月十四日。

午前四時。

ベッドからおりて靴をはく。部屋も暗く、戸外も暗かった。夜明けまでにはまだ三時間ある。昨夜もほとんど眠れなかったので脳が重くてこわばっている。ここ十日ほどずっとそうなのだ。軍服を着たまま、ときには靴をはいたまま寝たこともあった。危険になればおれたちが知らせるからそれまではベッドで寝ていてくれとヤング少佐がいうのであるが、危険にないなればとはどういうことだろう。ベトコンの夜襲は前菜からはじまってスープ、魚、肉、サラダというコースをとるわけではない。プレイクの空軍基地は十五分間でめちゃくちゃに破壊された。ビエン・ホア空港のときは二十五分間に八十七発の迫撃砲弾をうちこんで原爆搭載用の超重爆撃機四十数機を破壊してしまったのである。

ジャングルとゴム林は眥の眼と鼻のさきにある。そして私の寝ている小屋は木の壁とスレート屋根一枚でできているのである。超重爆撃機ではない。八一ミリの砲弾が森からとんできたら、一発、一瞬でおしまいである。発射音が耳に入ったときは死んでいる。ベトコンがマシン・ガンの掃射で開始してくれたら壍壕にかけこむゆとりがあるが、迫撃砲でこられたらどうしようもない。ここ十日ほど、毎夜、あけがたの三時か四時ごろにならないと眠れなかった。妻子、友人、三十四年間のさまざまなことを思いだして苦しめられた。神経が一本、一本ヤスリにかけられるようだった。想像力は食欲とおなじくらい強力だ。圧倒的で、苛酷で、無残である。〝アジアの戦争の実態を見とどけたい〟という言葉をサイゴンで何度となく口のなかでつぶやいたためにいまこんなジャングルのはずれの汗くさい兵舎で寝ているのだが、夜襲を待つ恐ろしさと苦しさに出会うと、ほとんど影が薄れてしまったようだ。ベトナム人でもなくアメリカ人でもない私がこんなところで死ぬのはまったくばかげているという感想だけが赤裸で強烈であった。無意味さとうつろさがこみあげて、何度もむかむかした。自分がおろかしく軽薄な冒険家にすぎないように思えた。白昼のギラギラする日光と土埃りのなかを歩いていると、ときどき体がからっぽの肉の袋のように感じられた。自分が何なのか、よくわからなかった。サイゴンへ帰ろう、サイゴンへ帰ろうと考えながら私はそうせず、おびえながらただ何となく、毎日、昼から夜へと漂っていった。

昨日の朝、へとへとに疲れた私が朝食のあとでうたた寝をしていると、秋元キャパがとなりのベッドに起きて何か書いていた。よくわからないが、手帳にかがみこんでいるようだったので、声をかけた。

「日記つけてるのか？……」

彼は口のなかでつぶやいた。

「日記じゃないんだよ」

小声で

「……遺書か？」

とたずねたら、だまっていた。

あとで昼食のときに、彼は短く

「泣けてきちゃってな」

といった。

両親、妻、朝日新聞社の上役と同僚などに宛て、その順序で書いていったのだそうだ。書いていると涙がでてきてどうにもならなかったと彼はいくらかはずかしそうに、けれど毅然とした率直さで、説明してくれた。書いているときはつらかったが、書いてしまうと楽になったようだ、ともいった。永い午後、永い黄昏、胸苦しい夜、未明と、ずっと私は遺書を書こうか書くまいかと迷いつづけた。書くとそれが気になってぐずぐずしていた。

精神力を消耗し、ジャングルのなかで反射がにぶくなるかも知れないと考えたり、いや、切開手術は早くすませたほうがいいのだと考えなおしたりしながら、いつまでもぐずぐずしていた。

一昨日の夜、ヤング少佐がくわしく作戦計画を説明してくれた。目標地区は北方十六キロのジャングルである。フォック・チャン県の北部、サ・マックという地区のジャングルである。Dゾーンの西にあたる。深くて濃いジャングルで、全延長数十キロに達するトンネルが地下四メートルに掘りめぐらしてあるはずである。入口も出口もわからない。ワナも無数にあるだろうし、地雷も仕掛けてある。情報によれば、動力工場、病院、兵器工場、保養地などもあるという。対ベトコン戦がはじまってからこ四年か五年、政府軍はまだ一度も入ったことがない。だからジャングルの内部がどうなっているのか、誰も知らない。三個大隊構成一個連隊で、砲兵隊の援護射撃と空からのUTT（武装ヘリコプター）の掃射に守られつつ浸透する計画である。三晩四日がかり、兵員約五〇〇名の〝グランド・オペレイション〟（大作戦）である。ただし、三つの大隊のうち、二つの大隊は小型である。こういう危険きわまりない地帯へ入るにしては劣勢すぎるが、どうしてもそれ以上かき集めることができなかった。アメリカ人は各大隊に三人、合計九人つく。ヤング少佐はサイゴンの司令部から至急の出頭命令がきたので、午後か夕方、ヘリコでサイゴンから現場へ急行し、そこでおちあうことになるだろう。私たちは主力部隊の第一大隊に入る。グェン・ヴァン・トゥ中佐じきじきの指揮である。第一大隊は中央、左翼、右翼と三つにわかれ、私たちは中央のまんなかあたりに入る。ラス曹長、ヴォイティコ曹長、パーカー通信兵らが同行する。遺書を用意するのが当然の大行動だ。

鉄兜を貸してもらったとき、ヤング少佐に

「……これはベトコン狙撃兵に対してどれくらいきくんですか？」

少佐は何もいわず、頭の右と左に指をあてて

「チュンッ！　チュンッ！……」

苦もなく貫通するというのである。

「破片だけは、どうやら」

少佐はそういって小屋をでていった。

私と秋元キャパは顔を見あわせ、ぐったりとなってベッドにたおれた。ベトナム兵の酒保へいって買いこんできた、いがらっぽいフランス風の黒タバコ『ホアン・バストス』が嘲笑するように泥まみれの日本航空のバグからはみだしていた。

少佐の〝チュンッ！　チュンッ！〟は私をおびやかした。戦争中に勤労動員で大阪の南郊にある操車場で私は働いていたが、重要目標なので毎日のようにグラマン戦闘機の機銃掃射をうけた。中学生の私は仲間といっしょに陸橋や暗渠（あんきょ）や水田のなかを弾

塹壕からジャングルを警戒する歩哨(ベン・キャット基地)

音に追われて逃げまわった。ある日などは水田のなかへとびこむ瞬間に泥の薄い霧をすかして、チラと、戦闘機の機首に描いてあるポパイの漫画、風防ガラスのなかで笑っているアメリカ兵のあざやかなバラ色の頬などを鼻さきに見とどけたことがあったりした。人間は人間を殺すときに笑えるのだという感想が永く私の幼い頭を支配した。いまでもしばしばその短い言葉が私をこわばらせる。もっともつよいショックをうけたのは、機銃掃射を浴びた機関車が送られてきたときである。グラマンの機関砲弾は鋼鉄板を錐がボール紙をつらぬくよりもやすやすとつらぬき、機関手の肉をやぶり、骨を砕いて床にめりこんでいた。私はおそるおそる花びらのように裂けひらいた穴に指でふれ、全身が凍りつくのをおぼえた。人間はもろいのだ。竹細工のような骨のうえにセロファンより薄い皮膚を張ってよちよちと歩きまわっているにすぎないのだという感想が私の体にしみついた。何か考えようとするたびにその感想がすべての出発点となった。すべてそこから出発し、すぐそこへもどってしまうのである。少佐の身ぶり手真似は二十年前に味わった恐怖を鮮やかに私の皮膚によみがえらせた。私の頭蓋骨は豆腐よりもろく、やわらかいらしいのである。一個の二センチ半ぐらいの鉄片が一瞬に粉砕してしまう。

(……いまだ)

私は少佐を追って酒保へいき、はずかしそうに笑いながら頭をかいて、小声で、作戦はやめました、おとなしく明日サイゴンへ帰ります、ＭＡＣＶに連絡をとって頂けないでしょうかと、うちあけようと思った。少佐は私を鄭重になぐさめ、その場で通信兵に命令を下してくれるだろう。いまだ、いまだ、いまのうちにたちあがって口をひらけばよいのだ。つめたい汗がにじんできた。けれど、何故か、何となく、ベッドにたおれたまま私はいつものようにぐずぐずして、たちあがろうとしなかった。たてつづけにタバコをふかし、火をつけるたびに、まあ、まあ、まあと意味なくつぶやいた。つぶやきながら自分の朦朧ぶりにすっかり腹がたち、絶望していた。

五時。

食堂へ行くと、ボウヤァ通信兵がベーコン・エッグスをつくってくれた。ヒューズ中尉が熱い紅茶を持ってきてくれる。彼は今日は留守番である。ウェスト・ヴァージニアにいる新婚一年の妻に長い手紙を書くのだろう。毎日一通という日課を彼は忠実に果している。丸首シャツ一枚の彼は羽根をむしった鶏のようであって、やせこけた肩のあたりはまだ育ちのよい高校生か大学生みたいにうぶである。中尉ではあるがひどく若い。いくつくらいなのだろう。彼といっしょに兵舎にいると、何だか、大学生とキャンプにきているような気がする。

ボウヤァ、ヴォイティコ、パーカー、ラス、ラスカーなど、今日のメンバーがみんな入ってきて、朝の挨拶を交わしながら食事にかかる。ヤング少佐はサイゴンである。午前中おそくか午後になってからジャングルのどこかでおちあう予定である。ベーコン・エッグスを食べ、アップル・ジュースを飲んでから小屋にもどった。秋元キャパは四台のカメラを首にかけたり、肩にかけたりした。私は水筒二個を首からさげ、日本航空のバグを肩にさげる。中身はセーター一枚、ハンモック二個、『正露丸』、防虫薬、ライター油、タバコたくさん、ガーネット訳のチェーホフ短篇集が一冊と、おなじガーネット訳のドストエフスキーの『白痴』。チェーホフのほうはほとんど読んだが、『白痴』のほうは五分の一ぐらいしか読んでない。

いつのまにどこから集ってきたのか、暗闇のなかには大型軍用トラックやM－一一三重装甲車などが巨大な鋼鉄の昆虫の群れのようにひしめいていた。未明の底のすさまじい物量である。武装して整列したベトナム兵たちに誰かが訓示をあたえている。暗くてわからないが、声はグェン・ヴァン・トゥ強助中佐である。本日の総指揮官である。

「……あれだけ女にツヨイ奴なんだからきっと頼りになるぜ。おれはそう思うな」

秋元キャパがそういって笑った。

「それもそうやな。ちょっと演説をしたがる癖が気になるけど、まあええやろ」

私がそういって低く笑った。

ジャングルへと向かう兵士たち＝サ・マック作戦

訓示が終ると兵隊たちはトラックに乗りこんだ。M—一一三重装甲車がキャタピラを重おもしくひびかせながら一台ずつ砦からでていった。そのあとを軍用トラックが一台ずつでていった。ラスのっぽ軍曹が私たちをジープのところへつれていってくれた。強助中佐のジープのうしろである。乗りこんでタバコをふかして待っていると、ベトナムの歩兵少尉がやってきた。兄がビン・ジアの作戦で殺された、あの闘志満々たる反共主義者の北方人である。

「……おはよう。ベトコン第三〇三大隊、約五〇〇人が今日の第一地点にいるはずです。この大隊は恐ろしく強力です。有名な大隊です。『秋』部隊ともいうのです。こちらも約五〇〇人です。昨日つかまえたベトコン三人を先頭に案内としてたてます。一人がカンボジャ人、二人が南ベトナム人です。命を助けてやるといったら告白しました。まず幸運といえるでしょう。気をつけてください。あとで会いましょう」

少尉は静かな口調でそれだけ説明すると、闇に消えた。後姿を見送って、ラス軍曹が、あれは反射が速くて、勇敢な、いい兵隊だとつぶやいた。

二十台の大型軍用トラック、九台のM—一一三重装甲車、一〇五ミリ無反動砲三門、数台の給水車と弾薬車をつらね、砦を出発すると、未明のつめたいハイ・ウェイを無燈火で北方に向った。重装甲車は左翼を守るため刈入れのすんだあとの田ンぼに入った。重くて、疲れて、こわばった、不眠の額を剃刀のような未明の風が切った。体がふるえる。これから三晩四日、八十時間か九十時間の緊張に耐えぬけるかどうか。〝運命〟の灼熱した指さきが豆腐のような脳にふれるのを避けてくれるかどうか。ベトコンに何の怨みも憎しみもない、ベトナム人でもアメリカ人でもない私にはそうとしか感じられない。大いなる手の影のなかに自分が入っているのかどうかを点検するばかりである。

広大なゴム林が薄明のなかにひろがりはじめる。ゆけどもゆけども白い幹が整然とひろがっている。いつかタンク隊長やヤング少佐が話してくれたゴム林であろう。フランス人の経営で、約一千ヘクタール、約一五〇〇〇人のベトナム人の労働者が働いているという。煮えたぎるベトコン地区だけれど、いまだかつて枝一本折られたことがない。戦闘がおこなわれたことがないのだ。ベトコンがよけて通るのである。タンク隊長の説明によれば、フランス人は南ベトナム政府とベトコンの両方に莫大な税金を払って安全に経営をつづけており、ベトコン側への税金はハノイにあるフランス政府の出先機関を通して払っているとのことである。真偽のほどはわからない。けれど南ベトナムにフランスの権益がまだのこっていることは事実である。だから、南ベトナムを中立化しようというド・ゴールの提案はこの国にふたたびフランスの権益、影響力を回復しようという底意をひそめたものではないだろうかと疑うベトナム人が多いのである。

ベトコンが支配するジャングル地帯へ＝サ・マック作戦

六時。

ゴム林をぬけたところでトラックが止る。ここから連隊は一大隊ずつにわかれ、三方からジャングルにもぐりこむのである。M—一一三重装甲車と一〇五ミリ砲の群れはいつのまにかどこかへ消えた。さいごの車の赤い灯とエンジンの音がゴム林のかなたに消えてしまうと、とつぜん鉄の楯をとりのぞかれたような気がした。すっ裸でハイ・ウェイにたっているような気がした。ラスとパーカーが私たちを防衛してたっている。ベトコンは森のどこからか私たちを観察し、狙っている。けれど私は竹細工のような骨のうえにセロファンみたいに薄い皮膚を張って夜明けの微風のなかでふるえているだけである。毎夜心細くてならなかった砦の小屋が強力無比な城だったかのように感じられた。けれど、もう、あとへさがることはできない。みんなのあとについてゆくばかりである。暗い土管のなかにもぐりこんでしまったのだ。

ラスとパーカーに前後をはさまれ、私たちは一列縦隊をつくってハイ・ウェイからブッシュのなかに入っていった。夜明けの微光が薄い霧のように漂いはじめた。どこか遠くに村があるのだろう。鶏の鳴声が聞えた。水をたたくような、クイナの鳴声のような音も聞える。暗い、静かな、いつ火を吹いてはためくか知れないブッシュのなかを私たちは足音をしのばせて一歩一歩入っていった。木の枝を折るのもはばかられた。

十二時。

六時間歩いたあとで私たちはジャングルのなかにすわり、ベトナム米のオニギリを食べている。アメリカ人のラスやパーカーもオニギリを食べている。べつに文句もいわず、おとなしく頬ばっている。オカズは鶏ひときれである。何で煮たのかわからない。まっ黒な色をしていて、〝どろんこ煮〟とでもいうよりほかない。ラスは遠慮深く、ひとことだけ、〝犬じゃないかな〟といって笑った。さきほど第二大隊のボウヤァ通信兵とヴォイティコ曹長が茂みのなかからあらわれた。第二大隊はすぐ近くにいるらしい。ボウヤァはそこへもどるが、ヴォイティコは私たちの隊に入る。

ボウヤァはフロリダ出身の、大学で歴史を勉強した長身のやせた青年で、志願してベトナムにやってきた。砦では毎夜のように議論しあう。アメリカが北ベトナムを爆撃したという情報がラジオ放送された夜はみんな深刻な沈黙におちこんで小屋や塹壕へもどっていった。私はボウヤァと二人でひそひそ声で酒保で議論し、消燈時間を忘れていたので一人の大尉に小声でたしなめられ、パチッとスイッチを切られた。私たちは人間の戦争癖について話しあった。

「……君が動物園へいったら、きっとチンパンジーが檻の向うから嘲笑するのを見ると思うよ。なぜチンプは人間を見て笑うのだろう？」

「カレッジの歴史の教室では動物園のことを教えてくれなかったよ。そりゃ教えてもらいたい。おれのおやじは百姓だから、おれは動物は好きだよ。チンプはなぜ人間を見て笑うんだ、日本のヘミングウェイさん」

「よくわからない。ずっと昔、石器時代よりまだ以前に人間のなかで二本足で立つことに成功した奴がいたんだ。立ってみたところが手が二本あいたので何かに使おうという気を起したんだ。そこでさっそく石をつかみ、仲間にブッつけて殺してしまったんだ。そいつもすぐ殺されたんで、誰なのか名前がいまだにわからない。いまはべつのやつがマシン・ガンだの、原爆だのを手ににぎってふるえてる。チンプはバナナをにぎってのんびりしている。だからおびえてる人間を見て嘲笑するんだと思うな」

ボウヤァはちょっと笑ったあとで、まじめな顔になり、人類を救うには教育によるよりほかないといいだした。彼は教育の効果をつよく熱く信じていた。理想主義者であった。私は教育の効果なんか信じないといった。〝進歩〟という言葉も信じないといった。晩年のマーク・トウェインもたしかそういったとボウヤァがいう。晩年のマーク・トウェインは知らないけれど彼の小説は好きだと私がいう。君はなぜ若いのに臨終の年とったトウェインとおなじ悲観主義なんだと聞くから、そんなことはわからない、おれは自分自身がよくわからないんだと答えた。そこで電燈が消えた。

ボウヤァがしゃがみこんで無線機で砦の砲兵隊を暗号で呼びだしている。砲兵隊の今日の暗号は『プレイボーイ』である。暗号は毎日変る。このあいだハイ・ウェイ・パトロールの作戦にでたとき、彼はベトコンのことを『ズールー・インディア・チャーリー』と呼んでいた。

「プレイボーイ。プレイボーイ。コーヴァー・キャッチャー・2・2・3。コーヴァー・キャッチャー・2・2・3……」

フロリダの無口な農民の息子はオニギリ片手に南ベトナムのジャングルのなかで寝不足の眼をパチパチさせつつ声ひそめて呼びつづける。

この六時間、私たちは一発も射たれなかった。ブッシュをぬけ、広大な葦の沼地をわたり、ジャングルに浸透して、いまここにいる。まだ生きている。葦の沼地が境界ではないかと思う。それまでのブッシュやジャングルのなかには、ところどころ、ベトコンのつくった糸みたいに細く薄い通路にまじって、M―一一三重装甲車のキャタピラが踏みしだいた跡があった。しかしいまいるジャングルに入ってからは、その跡はなくなった。葦の沼地にもなかった。政府軍のパトロールは沼地の入口でひきかえすらしい。それ以上は北へ前進しないのだ。私たちは館の玄関をくぐり、前庭に入ったのだ。

　これまで、どこにも人影を見なかった。五メートルさき、十メートルさきも見えないような濃いジャングルには枯葉がつもっていた。土は白くて固い。枯葉のなかに細くて薄い、人の足の踏みならした道が、何かの影のようにまがりくねってついていた。何者かが往復しているのだ。沼地の葦のなかにも細い道がついていた。私たちはずっと何者かの小道をたどってここまでやってきた。何者かに導かれるままに歩いているのである。ジャングルのなかには、ところどころ、穴があった。L字型、W字型の深い穴である。ワナもあり、タコ壺壕もあった。藁でつくった小屋も見た。キャンプの跡なのだろう。土が小さく火で焦げていた。そう古くない。しばしばジャングルのなかにはナパーム弾で黒焦げになった空地や、ベン・キャット砦の砲兵隊がたたきこむ砲弾の穴などがあった。擂鉢(すりばち)型の穴のまわりでは木の幹が土を浴びてまっ白になっていた。裂けたり、たおれたりしている木もあった。しかし、もし破片や爆風で人を殺傷するのが目的だとすると、これだけ濃いジャングルでは壁のような木の幹にさえぎられて、あまり効果はないのではないか。直撃弾以外には、砦で考えているほど砲撃の効果はこの地帯ではあがらないのではないか。

「……静かなのはあまりよい兆候じゃないんです。VCが何をたくらんでるのかわからないから、手のうちようがありません。射ってきてくれたほうがありがたいのです。けれど今日は朝から一五五を浴びせつづけてるから、ひょっとしたらVCは後退したのかも知れない。いまのところ何もわからんです」
トゥ強助中佐についている一人の歩兵隊少尉が私たちといっしょにオニギリを食べながらそういった。彼は小柄で童顔だが、精悍で機敏そうだ。オニギリを食べてしまうと土によこたわり、日本製の小さなトランジスタ・ラジオのスイッチを入れて、サイゴンから流れる歌声に耳をかたむけた。暗愁と憂鬱と嘆息にみちた流行歌である。南ベトナムの歌はことごとくメロディが悲しい。けれど毎日午後五時半にはじまるハノイからの日本語放送で聞く北ベトナムの歌はことごとく明るく、活潑、陽気で、たえまなく歓声をあげたり行進したりしている。たった一センチほどのダイヤルの移動で両極端の世界がひらけるのだ。すっかり慣れてしまったが、異様な分裂ぶりである。
誰かが捨てたオニギリを当番兵のチンが
「ベトコン。イート」（ベトコン。食ベルヨ）
といってひろい、ていねいに土をおとして風呂敷包みのなかに入れた。

十二時半。
トゥ中佐が大喜びで声をあげた。ベトコンの服や食糧や手榴弾などの補給庫を発見したというのである。ラス、パーカー、ヴォイティコ、ボウヤァ、ラスカーらといっしょに茂みをかきわけていってみた。木の枝を組んでつくった一メートル四方ぐらい

ジャングルの中で発見されたベトコン補給庫

の四角い鳥小屋みたいなものがあった。黒の農民シャツ。会計簿らしいノート。ライフル銃弾を入れた布袋。いくらかのピストル弾。手製、アメリカ製とりまぜて三十数発の手榴弾。米数キログラムなどがあった。ベトナム兵が用心しつつ手榴弾をバグのなかに入れ、鉄兜で米をあたりにまきちらかした。ナイフで枝を結んだツルを切り、小屋をこわした。みんなははしゃいで、しきりにピャウピャウパウパウと高声で話しあった。三〇メートルか四〇メートルあたりのところで草むらや穴のなかからこの騒ぎをじっと見ている者があった。

五分後。

とつぜん木洩れ陽の斑点と午後の白熱と汗の匂いにみちた森のなかで銃音がひびいた。マシン・ガンと、ライフル銃と、カービン銃である。正面と右から浴びせてきたのだ。ドドドドドッというすさまじい連発音にまじって、ピシッ、パチッ、チュンッ！……という単発音がひびいた。ラスがパッとしゃがんだ。そのお尻のかげに私はとびこんだ。それから肘で這って倒木のかげへころがりこんだ。鉄兜をおさえ、右に左に枯葉の上をころげまわった。短い、乾いた無数の弾音が肉薄してきた。頭上数センチをかすめられる瞬間があった。秋元キャパはカメラのバグをひきずって一メートルほどの高さのアリ塚のかげにとびこんだ。枝がとび、葉が散り、銃音の叫び、トゥ

上空のヘリコプターに攻撃を依頼する米通信兵＝サ・マック作戦

中佐の号令、砲兵隊士官が後方の砲兵隊に連絡する叫びなどのほかは何も聞えなかった。私は倒木のかげに頭をつっこみ、顔で土を掘った。

そんな瞬間でも眼はふと枯葉のなかをうごくアリの群れを見た。昔にもそういう瞬間があった。水田の泥の霧しぶきをこして眼は殺到してくる戦闘機の機首でパイプをくわえて力こぶをつくっているポパイや、風防ガラスのなかで笑っているアメリカ人のバラいろに輝やく頬や、夏空の積乱雲などを、一瞬のうちに見た。

(……豆腐だ、豆腐だ、豆腐なのだ!)

ピシッ、パチッ、チュンッのなかでふるえながら眼はアリの群れを眺めた。賢いアリたちが長くて、勤勉で、平穏な列をつくってせっせと巣に餌をはこんでいるのを眼は見た。彼らはせっせといったりきたりしていた。私のまつ毛のさきのようなところで、一匹のアリは体の二倍ほどもある枯葉のかけらをくわえて右にふったり、左にふったり、たのしげに大汗かいていた。ライフル銃弾が頭上をかすめ、一瞬後に私は眼をとじた。その後ふたたびアリの群れは見なかった。あとで木のかげによこたわって何時間もじっと救援や黄昏を待ったが眼はふたたびアリを見ることはなかった。

アリ塚が悲惨な司令部となった。トゥ中佐、ラス曹長、ヴォイティコ曹長、パーカー通信兵、ベトナムの砲兵隊大尉、歩兵隊少尉らが通信兵たちといっしょにうずくまった。私はすこしはなれた倒木のかげに体をひしと埋めた。右や左から乱射されるた

サ・マック作戦

びに倒木を腹でこえて向うへころがりこんだり、こちらへころがりこんだりした。銃音が移動するたびにみんなはいろいろな道具をさげてアリ塚のまわりをぐるぐる這ってまわった。秋元キャパは果敢、沈着であった。アリ塚にピッタリ背をくっつけ、ぐるぐるうごきながら終始ファインダーに眼をあててシャッターをおしつづけた。

トゥ中佐は兵隊たちをどなりつけ、右翼と左翼に散って銃を射てと叫んだ。何度か銃音は起った。兵隊たちは射った。しかしすぐに彼らは射撃をやめ、のろのろと、あるいはせかせかと茂みから姿をあらわしてアリ塚にもぐりこもうとした。中佐は彼らを追いかえそうと吠えつづけた。しかし兵隊たちはちょっとはなれたところへいってしゃがみこみ、一度しゃがみこんだらふたたびたちあがろうとしなかった。私のよこに一人の三十歳くらいの重機関銃兵がいたが、武器を投げだしたままぼんやりとひとりごとをいいつづけた。中佐が頭からどなったが彼はひくくひくくピャウピャウパウパウとつぶやくばかりであった。腰がぬけてしまったのだ。一人の士官が肘で這いより、水筒、弾薬帯、米袋などを体からはずしてやった。

砲兵隊の大尉は土にしがみつきつつ地図をひろげて磁石をおき、ベン・キャット砦や街道の砲兵隊に叫びかけた。一〇五ミリ、一五五ミリがたちまち空を走り、前方のジャングルにとびこむ。土が水のようにゆれる。トゥ中佐が発煙筒を投げ、上空の武装ヘリコやL—19に電話でこの煙の北西二百メートルを掃射しろとか、東北東二百五十メートルを掃射しろとか叫ぶ。ラスも空に叫ぶ。誰かが絶望した声をあげた。

"VC threw smoke bomb too!"（ベトコンも発煙筒投げた！）

中佐は煙の色をつぎつぎに変える。黄。緑。白。紫。赤。ジャングルが虹のように染まる。ヘリコとL—19は機関砲とロケット弾をたたきこむ。ジュウタン掃射である。けれど弾薬は一分か二分で尽きてしまうのだ。基地へ再装塡にもどらなければならない。大砲、迫撃砲、機関砲、ロケット弾が咆えるあいだほんのしばらくベトコンは黙っているが、終るとすぐにまったく衰えを見せぬ火力を浴びせかけてくる。たえまなく銃音が移動するのはきっと地下道を走っているからである。彼らは私がゆさぶられつつ必死に眼をとじてしがみついている腹の下四メートルのところを右に左にネズミのように走りまわっているのである。

ヴォイティコがベトナム兵たちを罵った。日ごろは大声ひとつたてたことのない彼が眼を怒らせて腹這いのままどなりつけた。

「やろう。うちやがれ。うちやがれ。なぜうたねえんだ。このやろう。チキンめ。おれをこえてうて。うてといったらうちやがれ。ガッデム！　シューテム！……」

ベトナム兵たちはチラと彼のほうを見たきり、銃を投げだして土にしがみついていた。弾丸がとんでくるとちょっと鉄兜をおさえるが、ふしぎに彼らの顔は平静で、動作はのろかった。全身血みどろになった兵隊が一人、茂みのなかからでてきたが、銃

衛生兵の手当てを受ける兵士＝サ・マック作戦

弾の走りまわるなかを彼はまるで散歩でもしているような顔つきで歩いていた。のんびりと歩いてきて軍医のところへいき、しゃがみこんで傷を見せた。チラと見ただけでも大腿部の傷の一つはバラの花のように大きくはじけていた。軍医はそこへアルコールの綿をつっこみ、ぐるぐるとひっかきまわした。ところが負傷兵は呻めきもしなければ、悶えもせず、ぼんやりと自分の傷口を見おろしていた。まるで神経がないみたいなのだ。ふしぎな光景であった。彼一人ではなく、どの負傷兵もみんなそうなのだ。あとでジャングルのなかで集結したとき、私は三〇名ほどの負傷兵を見た。あたりはぼろぎれと血の氾濫であった。彼らは肩をぬかれ、腿に穴があき、鼻を削られ、尻をそがれ、顎を砕かれていた。しかし、誰一人として呻めくものもなく、悶えるものもなかった。血の池のなかで彼らはたったり、しゃがんだりし、ただびっくりしたようにまじまじと眼をみはって木や空を眺めていた。そしてひっそりと死んだ。ピンに刺されたイナゴのようにひっそりと死んでいった。いまたっていたのがふとしゃがんだなと思ったら、いつのまにか死んでいるのだった。仲間がやってきて防水布でくるみ、ツル草でしばり、大きなチマキのようにぐるぐる巻きにしてから担架や天ビン棒でかついでいった。

この光景はふしぎの一語につきた。いったい彼らの内部の何者がこれほど異様にして強力な自制力を発揮させるのか、いまだに私にはわからない。兵士としては地上最低の彼らなのに肉の苦痛に対するこの忍耐力と平静は聖者ものぐかと思われた。ヤング少佐によればベトコン兵士もおなじだそうである。眼をそむけたくなるような傷をうけても彼らはひとことの呻めきも洩らさずに死んでゆくそうである。まったくおなじである。信念なき政府軍兵士も信念だけのベトコン兵士もこの点だけはまったくおなじであるらしい。普遍的なベトナム人の特性であるらしいのだ。〝自制〟はたしかにアジアでもっとも発達した感情である。それは諦念、謙譲、自己犠牲などの形をとってあらわれる。アジア人は劇としての沈黙の効果を精密に知り、劇場から町、道路、部屋、宴会、独居、妻、友人、闘争、和解、ありとあらゆる場所と瞬間に技を精錬することにつとめる。貧困のどん底に生れたベトナムの農民たちはいったいどんな育てられかたをしてこの純粋の真空状態に達するのだろうか。異民族による搾取が彼らにこの沈黙をあたえたのだろうか。儒教の倫理が教えたのだろうか。仏教が肉と現世を徹底的に侮蔑して最大の苦痛の瞬間に復仇をとげよと教えたのだろうか。貧困が彼らから苦しみ、表現する力を殺してしまったのだろうか。かつてのベトミン軍や、いまのベトコン軍が発揮する豪胆無比の雄弁、抵抗、闘争、底知れぬ忍耐力と持久力はこの沈黙の内にひめられた圧力を爆発させたものにちがいない。あるいは神風特攻隊も同根であったかと想像する。けれど、肉の苦痛の徹底的無視を彼らがめざしているとすると、いっぽうなぜあのようにいつも洗面器のまわりに怠惰、放恣にしゃがみ

負傷した兵士たち＝サ・マック作戦

こみ、雄弁をふるうのであろうか。傷と死に対してのみ政府軍兵士が聖者になるのは何故だろうか?……

グェン・ヴァン・トゥ中佐は発煙筒を全部投げてしまった。空との連絡が断たれた。ジャングルは葉の海である。私たちの位置は空から知りようがない。後方からの大砲だけとなった。けれど、いくら大砲を射ってもベトコンの火力は衰えないのだ。私は孤立したことを知った。新しい恐怖がこみあげてきた。汗ばみながら土に顔を伏せ、私はラスが去りゆくさいごのヘリコに従容と暗号でない挨拶を送る声を聞いた。

「援護をありがとう。たいへん助かりました。弾丸をうちつくしたので基地へ再装塡に帰らねばならないことはよくわかります。けれどわれわれは完全に包囲されました。気をつけて帰ってください。さようなら」

ふたたび猛射が起った。森そのものが猛射しているとしか思えなかった。ベトコン兵士の姿は黒シャツの閃きひとつ見えなかった。潰走がはじまった。トゥ中佐が先頭にたって逃げだした。私たちはふらつく足を踏みしめ踏みしめ彼らのあとを追って右に走ったり左へ走ったりした。東へ走ったときにはトゥ中佐がまっ蒼になって走りもどる姿が見えた。汗のふきだす眼のなかで何を見たのだろうと思った瞬間、四方八方からいままでにない至近距離の乱射がはじまった。ころげこんだ倒木の幹の上を弾丸が木の皮をはねとばしつつ走ってゆくのが一度見えた。掃射が終った瞬間みんなは木のなかをかけだした。ころんだり、ぶつかったり、肘で這ったりしながら私はあとを追った。背後でふたたび乱射が起った。カートリッジをつめかえおわったのだ。ガクガクする膝で夢中になって走った。

トゥ中佐は南へ走り、アリ塚を発見してようやくとまった。弾音は追ってこなかった。私は木のかげによこたわった。まえに一人、ベトナム将校が肩をうたれて血みどろになってよこたわっていた。ヴォイティコが枯葉の上を肘で這ってきて、将校をなぐさめていた。一語、一語、よくわかるように彼はゆっくりとしゃべった。

「君は、怪我をした。もうすぐ、たくさんのヘリコがくる。それで、君は、ベン・キャットへ帰る。すると、今晩は、サイゴンだ。サイゴンに着いたら、PXでフレンチ・コニャックを買ってくれ。おれの名で、な。それをちょっぴり飲んで、こちらへ送ってくれ。いいか。フレンチ・コニャックだぞ。みんなにそう伝えてくれ。フレンチ・コニャックが飲めるって、みんなにそう伝えてくれ」

訣別の辞であった。

ベトナム将校は蒼ざめたまま枯葉の上によこたわり、聞いているのかいないのか、まじまじと眼をみはっていた。ヴォイティコはささやきおわると、また肘で這って、ラスのところへもどっていった。

二〇〇人の第一大隊はあちらこちらの木の根もとに放心している兵士を数えてみる

と、たった一七人になってしまった。私はしゃがんだまま小便を一回やり、バグを整理した。にぎりめし半個。『正露丸』。クロロマイセチン。防虫薬。ライター油。航空券。ドルなどポケットというポケットにつめこみ、さいごに日ノ丸の旗をねじこんだ。ジャングルは深く、濃く、広大で、十メートルさきが見えなかった。太陽は白熱していた。私はここで渇死するかも知れないし、餓死するかも知れないと思った。けれど私の手のしたことは生を決意していた。体力を節約するためにいつバグを捨ててもよいようにしたのだ。東京の杉並区にいる妻子のことは考えるまいとした。考えると消耗すると考えたのだ。けれど、努力する必要もなかった。前夜の不眠で削がれた体力、精神力は、ほぼ限界に達していた。私はただ汗で色の変った麻袋のようになって土によこたわり、静かに息をついていた。

秋元キャパと一口ずつ水を飲みあった。

「一七人になったぞ」

「うん」

「鳥がとんでいる」

「尾長鳥だよ。いま見たよ」

私たちはたがいの写真をとりあった。シャッターをおしたあと、ふたたび枯葉に体をよこたえた。

午後六時。

木洩れ陽のいろが薄暗くなりかけたころになってようやく私たちはたちあがり、脱出した。第二大隊の悲しい奴らは歩くまでもない近くにいた。二度ほど彼らは銃を空にうち、ホウ、ホウと叫んで居場所を知らせはしたが、誰一人として救出にきてくれはしなかった。いつベトコンにうたれるか知れなかった。しかし、誰一人として助けにやってくるものはなかった。ラスカー大尉とボウヤァ通信兵は第二大隊にいたが、彼らは〝顧問団〟である。ベトナムの将校と彼らは砦にいるときも作戦にでたときも、〝イエス・サー〟、〝OK・サー〟、〝ライト・サー〟といって話し、何か進言するときはおそるおそる、〝Would you...〟(……なさってはいかがでしょうか)などという言葉づかいで話しかけるのだ。少し誇張すると、彼らには自分でコーヒー一杯つくる権威もあたえられていないのだ。トゥ中佐が東へいけといったら東へいくほかなく、南へいけといったら南へいくほかないのである。そして先頭にたって、絶好の目標になり、うち殺されるのだ。地上に関するかぎり、私はアメリカ将兵が何のために作戦にでていくのか、よくわからなくなった。

血みどろの負傷兵や死者をかついで後退した。悲しい奴らは銃をさかさまにかつぎ、米袋で背が曲り、支那鍋、洗面器など背負い、てんでんばらばら、ジャングルと黄昏の底をおちていった。ベトコンは思いついたようにマシン・ガンやライフル銃を乱射し、メガフォンでホーウ、ホーウと叫びをあげておどかした。トゥ中佐は逃げたり、走ったりしながらも掃射がおわるたびにたちどまって何かつよがりの演説をやった。ラスカー大尉が汗みどろ血まなこでその演説を、〝イエス・サー〟、〝ライト・サー〟、鈍感で傲慢な腕白小僧をあやすようにして聞いてやった。

ボウヤァが走り走り叫ぶ。

「プレイボーイ、プレイボーイ、ワン・モア！……」

一〇五ミリ、一五五ミリが咆えて走る。

葦の沼地をわたっているとき、武装ヘリコプター二台とL—19一台がやってきてジャングルの出口に猛烈な機関砲とロケット弾をたたきこんだ。豪勇無比のベトコン兵士は木の梢によじのぼって肉薄するヘリコに猛射を浴びせた。姿は遠くて見えなかったが木の梢が火をふいた。広大な熱帯のサフラン色に染まった夕焼けのなかで双方の曳光弾は苛烈に美しかった。

沼地をこえようとしたとき、さいごのライフル銃と自動銃のすさまじい掃射が私たちの背を襲った。私の直後、秋元キャパの真横を走っていたベトナムの大尉が右肩に貫通銃創をうけてたおれた。私はバグを捨てて走った。

「開高さん、バグおちた、バグおちた！」

「いいんだ、いいんだ、捨てといてくれ！」

うしろへ叫んでおいてから私は暗いジャングルのなかを敗走する兵隊といっしょになってひたすらまえへまえへと走っていった。

やっと一息つけるところまで逃げのびてから私はうしろへもどって秋元キャパと合流しようと思ったが、こわくてならなかった。暗がりのなかで兵隊のなかに通信兵はいないかとさがした。通信兵はかならず将校といっしょだし、将校は英語が話せる。通信兵はやっとつかまったが、彼は将校をすてて一人で歩いていた。言葉は何も通じなかった。身ぶり手ぶりもジャングルの暗がりではどうしようもなかった。〝テレフォン、テレフォン〟といって肩の受話器をたたいたら、何を思ったのか通信兵は後生大事に抱えこんでいた白い丸いものを私にわたしていってしまった。月明りでさぐってみると、キャベツであった。五、六枚の葉をむしって食べ、のこりを通信兵にもどした。

ゴム林をぬけたハイ・ウェイにでたところで砲兵隊の士官が声をかけてくれた。彼はよこに通信兵をつれていた。後方からアメリカ人といっしょに歩いてくるはずの日本人を電話で呼びだしてくれとたのむと、すぐに受話器をはずしてくれた。やがて騒音の暗い海のなかに秋元キャパのはじけるような声を聞くことができた。

“I am very sorry.”（たいへんすみません）

満月のハイ・ウェイを戦略村に向って歩きながら中学生のように小さいその砲兵隊将校は私にあやまった。
“Oh, What has happened?”（どうしたんです？）
将校はぽつりと、ひとこと
“My country is war.”（私の国、戦争です）
とつぶやいた。

午後十二時。

土のうえによこたわり、私たちは月光を浴びている。ときどきベン・キャット砦からうつ砲弾が月の顔をかすめ、長い鋭い音をのこしてジャングルのほうへとんでゆく。ベトナム兵たちはさきほどまでピャウピャウパウパウとさわいで洗面器の飯を食べていたが、もう寝てしまった。トゥ中佐が明朝早く一回出撃するといったのである。

頭のそばを豚がフッフッと鼻を鳴らして歩きまわった。よこで寝ていたヴォイティコが樽のような体を起して石を投げ、ちきしょうめ、ベトコンのつぎは豚か、といった。

「今日は何人死んだんだろう？」

「死者八名。行方不明四名。負傷三三名だと聞いたがね」

「いったいベトコンはあれで何人死んだんだろう?」

「わからねえ。一五人死体を確認したともいうし、九人だともいうし、よくわからねえ。砲弾の投下量から推定すれば一〇〇人は死んでるかも知れん。しかし、これもわからん。あんたも見たろうが、こちらはあの沼地で死人や負傷兵を捨てて逃げた」

彼はそうつぶやいて、ごろりと寝返りを一つうつと、疲れきったように吐息をついた。深くて厚くて丸い肉の奥からでた息は何かのやわらかい笛の音のように聞えた。

「戦争に勝利者なんていねえのよ。おれたちは運がよかったのさね。それだけのことだ。ガッデム。オー。シーッ!……」

「……」

気がついたら彼はいびきをかいて、もう眠りにおちていた。

午前二時。

眠れないのでラスカー大尉と秋元キャパと私の三人がぼそぼそと話しあっているところへ歩兵少尉がやってきた。昼寝のときにトランジスタ・ラジオで流行歌を聞いていた童顔の少尉である。トゥ中佐はまだ起きて家のなかで何かしゃべっているということである。中佐は家のなかで眠るつもりらしい。私たちは負傷しても沼地で捨てられなかった兵隊たちに家をあけわたしたので、土の上にころがっている。アメリカ将兵はみな土の上にころがっている。けれどグェン・ヴァン・トゥ中佐は家のなかで眠るつもりらしい。

「……チュウ少尉は昔、ベトコンだったのだよ」

「いや、ちがいます。それはベトコンじゃない。ベトミンです。ベトミンはフランスを蹴りだすための独立戦争です。ベトコンはコミュニストのはじめた内戦で、二つはまったくちがうものですよ」

少尉はラスカー大尉の誤りをおだやかに訂正し、昔話をちょっとした。少年時代に彼はベトミン軍に参加して独立戦争をたたかい、連絡や諜報の仕事に命をかけたのだそうだ。独立戦争が終り、一九五四年のジュネーヴ協定後、ホー・チ・ミンが北のハノイに去ると、彼は政府軍の軍隊に入った。そして今度はベトコンを相手にたたかいだしたのである。将校にも兵にもこういう経歴の人は多いようである。ファンランで会った当間氏も、もしベトナム人だったら、そうなっていたかも知れない。

「……ところで」

私が少尉に聞いた。

「グェン・フウ・トゥは一般民衆のなかで評判はいいのですか？」

「グェン・フウ・トゥ？　グェン・フウ・トゥって、誰です？」

「ベトコンのナンバー・ワン指導者ですよ。議長です」

地雷を探知する兵士＝ベン・キャット基地南８キロ

「はじめて聞きました。どういうつづりですか?」

「N…g…u…y…e…」

「N…g…u…y…e…」

「民族解放戦線の評議会の議長です」

「民族解放戦線? 民族解放戦線って何のことです?」

「ベトコンのことです。彼らは自分たちをそう呼んでいます」

「へへえ。それは知らなかったです。民族解放戦線、民族解放戦線……」

少尉は口のなかでひくく、〝ナショナル・リベレイション・フロント〟、〝ナショナル・リベレイション・フロント〟とつぶやいた。それはたしかに、はじめてものを知ったときに人がする口調であると思われた。トボケているとは思えなかった。

熱心な中学生みたいなチュウ少尉の小さくて黒い、すこしかしげた頭の影を眺めながら私は声がだせないくらいおどろいていた。この国にはふしぎなことが多いけれど、いったいこれはどういうことだ。文盲の一兵卒ならいざ知らず、この少尉は砦ではいつも砂袋を積んだ作戦室で地図を相手に仕事をしているのである。隊のなかでは機敏で沈着な、反射の速い、なかなかたのもしい青年将校なのである。それが何年となく毎日毎日たたかいつづけている相手の指導者の名も知らず、つづりも知らず、正しい名称も知らないというのである。秋元キャパと私は思わず暗がりで顔を見あわせた。

彼もひくく唸ったきり声がでなくなっていた。

この戦争は政府側の負けだ。

ハッキリ、そうきまった。

寝たほうがよさそうだ！……


二月十七日。

マジェスティック・ホテル一〇三号室のベッドに寝ころんで英字紙の『サイゴン・ポスト』を読んでいると、思わずうなり声がでた。ヤング少佐なら〝シーッ！〟と舌うちして床へたたきつけるところだ。

「秋様、読んでくれ」

「めんどくさいや。訳してくれよ」

浴室のビデでフィルムを現像していた秋元キャパが手をふきふきでてきたので私は大きな声で訳した。

記事はつぎのようであった。

『政府当局はクヮン・チの勝利を報告するにあたってビン・ドゥオン県、ベン・キャットの北東十マイルの二日がかりの作戦の結果、コミュニストは十八個の死体を遺棄し、三十個以上をかついで逃げたとつけ加えた。

ベン・キャットの戦闘は、サイゴン北方の森林地帯にあるコミュニストの連隊司令部を破壊する作戦計画の結果であった。同司令部を襲撃したとき、米五トン、手榴弾百発が発見、押収された。政府軍側は死者七名、行方不明四名であった』

私たちはそろってチャシュメンを食べにいくこととした。

ベトナムは日本に期待する

爆撃、砲撃が農民をベトコンに走らせる？

ベン・キャットからサイゴンにもどってくると、ホテルの部屋に足を踏み入れた瞬間、泥と汗にまみれた体のなかで水のような音楽がわき起るのを感じた。ベッド。インキ壺。酒瓶。壁のカレンダーの落書。窓。窓の日光。原稿用紙。派手な赤と青の染分縞の航空便封筒。すべての物がいっせいに声あげた。物たちは私を一瞥して讃歌をうたいだした。風呂に入ると、わき腹に一匹、ジャングル・ダニがしがみついていた。血を吸ってころころに肥っていた。ちぎってやると彼もまた細い細い足をもぞもぞさせて讃歌をうたいだした。ベッドにもぐりこむと新鮮な、固いシーツも讃歌をうたいだした。私は日なたの犬のように体をくねらせてもがいた。いたるところに奇跡があった。何故かわからないが、まだ私は生きていた。灼熱した指さきは額にふれなかったのだ。何故かわからないが、私は巨大な手の影から逃げだすことができたのだ。まだおれは生きているのだと思うと、いっさいがしびれ、ふるえながらひらいた。

将軍や政治家たちも生きていた。あいかわらずだった。あいかわらず彼らは公開銃殺をやり、クーをやっていた。北のほうのクァン・ティン省のタン・ビンという町で二〇〇〇人の農民がデモをやると、指導者を逮捕して朝の十時に銃殺したのである。農民たちは町へやってきて、村を大砲や飛行機で爆撃するのをやめてほしいと叫んだ。軍隊が鎮圧に出動し、悲しい奴らは命令されるままにだまってカービン銃の引金をひいた。農民たちはちりぢりばらばらになって走り、村へ逃げ帰った。指導者の一人が逮捕された。〝政府当局の発表〟によれば、これはベトコンの煽動によるものだという。どういう事情によるのか、この逮捕された人物は〝ベトコンの地区指導者〟だというだけで、名前もろくにわかっていない。例のベトナムの徹底的沈黙で拷問に耐えぬいて自白しなかったのかも知れない。彼はタム・キという町につれていかれ、どこかの広場で朝の十時に銃殺された。未明の闇にかくすということもされなかった。いよいよわるくなる。

ベトコンが果してこの農民暴動を組織したのかどうか、真実は私にはわからない。調べにかかろうとしたがクーが発生したのでそちらへ走ってしまった。けれど、かりにベトコンが組織したのであったとしても農民としては当然の要求をうちだしたまでのことなのである。ベトコンは機関砲も迫撃砲もアメリカ製の優秀なのを持っているが、大砲や飛行機は持っていない。彼らは地上は水田といわずジャングルといわず、地下水のように、モグラのように制圧して〝面〟を支配しているが、空は支配しきっていない。〝点〟である砦にたてこもって政府軍は夜昼のべつに一〇五や一五五をブッぱなす。パンツ一枚にゴム草履をつっかけた、中学生みたいに小さいベトナム人の砲兵たちが砲弾をつめ、火薬をつめ、ツンボになってうちまくる。一日に十本ビールを飲んで出産まぎわの新妻を恋しがっている歩兵中尉はベン・キャット砦で私にこういう砲撃は生きのこった農民をベトコンに走らせるだけであり、政府は必死になって敵を製造しているのだと告白したが、まったくそのとおりだろうと想像する。空からの爆撃についていえば、ある日は一日に百四十トンのTNT高性能爆弾を投下したことがあったし、またある日は、連続十時間にわたって延五十機の戦闘爆撃機がジュウタン爆撃をやったこともあった。この種のことをヤング少佐は〝エクストラヴァガンツァ〟（大盤ふるまい・ドンチャンさわぎ）と呼んでいた。土にしがみついている農民にとっては二つに一つしかない。政府か、ベトコンか。鉄と火薬のしぶきのなかで彼らが息たえだえになって走りだすとすれば、どちらへ走るか、いうまでもないだろう。

いっぽうで将軍たちはサイゴン、ダラット、キャップ・サン・ジャックで日ごと夜ごとクーの製造にふけっている。私が数えただけでも政変は大小とりまぜ過去十六カ月間に十回あった。サイゴンをたつ二日前にも一つあったが、これは手がこんでいて、ダブル・クーであった。ファン・ゴク・タオという元ベトミン将校であった大佐が音頭とりになって〝維新〟を画策したところ、二十四時間後に〝若きトルコ人〟どもが横どりしたのである。これはアメリカの新聞記者がこの国の青年将軍たちにつけたアダ名で、語源はトルコ近代化革命の『青年トルコ党』からくるが、むしろコンサイス辞書には〝暴れん坊〟とでている。タオ大佐はグェン・カーン将軍を追放しようとたくらみ、ある晴れた朝、額に決意をこめて受話器をとりあげた。いち早く将軍は遁走した。そこへかねがねグェン・カーン将軍を追放したがっていた若きトルコ人どもが乗りこみ、タオ大佐を蹴とばしたのである。いち早くタオ大佐は遁走した。

「どこへ逃げたんだ?」

私がベトナム人の新聞記者にたずねた。

「誰でも知ってるさ」

記者が答えた。

「某国大使館かね?」

私がたずねた。記者はだまって肩をすくめた。

アメリカ人の新聞記者から聞いたが、このせかせかしたクーの背後にはアメリカの

T. KA
RESS

〝影響〟が感じられた。アメリカ人の記者だけでなく、サイゴンではもっぱら、そして決定的に、そういうことになっていた。なぜかというと、グェン・カーン将軍はテイラー大使に手袋を投げたことがあったのだ。国家最高会議を彼が抜打ちに解散したときテイラー大使が抗議を申しこんだのだ。すると彼はふるいたって、〝たとえわれわれは貧しくともわれわれ自身の手でベトナム問題を解決しようではないか。外国の内政干渉は絶対排する〟と叫んだのである。記者たちは昂奮し、政府最高部にも反米民族主義出現という電報を打ちに走った。二、三日たったあとでカーン将軍とテイラー大使がにこやかに握手している写真が新聞に流れ、将軍は、オレと大使の仲がわるいというのはすべて新聞記者のデッチあげにすぎないと声明した。しかし舌は四頭立の馬車より速いのである。若きトルコ人たちもタオ大佐も、これはイケるとニンマリした。ニンマリしながらも彼らはたがいに暗がりで首を洗いあった。〝反共・反植民地主義・反中立主義・政教分離・民政確立〟、おなじみのスローガンをかかげつつ、その看板の裏で彼らはアメリカ大使館に秘密電話をかけたかかけぬか、いずれにしてもカーン将軍追放を画策しながらもおたがいに蹴とばしあいをやったのである。中世イタリアも顔負けの陰謀ごっこに明快単純を愛するアメリカ人、テイラー氏はすっかり頭をかかえ、深夜ひそかにトイレへ入って、つくづく、おれはもう引退したいと思いつめたであろう。ドドドドドーッ、ゴォーッと水だけが明快真実に流れていった。

それだけが真実であり、事実であった。

サイゴン市内ではタンクが走り、M―一一三重装甲車が走り、川には砲艦、空には戦闘爆撃機、夜はヘリコと照明弾、何やらすごいことになった。エロ写真屋とナンバー・ワン・ガールズたちはいち早くカティナ通りから退散した。記者たちはうんざりしながらも必死にタイプライターをたたいた。私と秋元キャパは窓に鎧扉をおろし、ズボンをはいたまま寝た。朝になってからあわてずさわがずいつものチャシュメン屋へいってみたら、ランニング・シャツ一枚のいつもの兄さんがにっこり笑って、あわてずさわがずメンをふってくれた。誰一人としてキョトキョトしているものはなかった。花屋はせっせと花を並べ、少年乞食はゴミ箱のかげでイビキをかき、はだしの少女はせっせと町角で砂糖キビを削っていた。ミト街道、ビエン・ホア街道、サイゴンの入口には何台も重装甲車が並んでいたが、兵隊たちはゆうゆうと洗面器で飯を食べ、トランジスタを耳にあてて悲しい流行歌に聞き惚れ、あるいは道で大の字になって眠り、あるいは何やらニヤニヤと薄く笑った。

ホテルにもどってベッドで私が新聞を〝分析〟しているところへ秋元キャパはもどってきた。彼は部屋に入ってくると、叛乱軍の負けだといった。兵営へ大いそぎで重装甲車が走っていくのを見た。そのとき政府軍と叛乱軍が街道ですれちがったが、両軍の兵士たちはニコニコ笑いつつ、たがいに手をふってはしゃいでいたという。

2月19日、くりかえされるクーデター

「……アホくさ。アホくさ。走ってバカ見ちゃった。こんな軍隊てないぜ。おれも寝なおそう」

「チョーヨーイかね?」

「チョーヨーイだ」

彼は四台のカメラを投げだしてベッドにとびこんだ。二、三度ポンポンと跳ねてから、気持よさそうに歯ぎしりしだした。安眠すると歯ぎしりする癖なのだ。

海兵隊、落下傘部隊、空軍など、この国の〝精鋭〟といわれる少数者と私はおなじ洗面器の飯を食べなかった。彼らだけがサイゴンを守っているとあらゆる情報通が教えてくれる。私が見たのは歩兵隊や砲兵隊やタンク隊だけである。これらの兵士は正常な反応を見せた。人間としてはいじらしいばかりであるが、兵士としては最低であった。彼らは戦意もなく、使命感もなく、情熱もなかった。荒野や沼地を歩いている彼らは銃をさかさまにかつぎつつ、鉄や米袋の重さにひしがれて、ただ命令のままにうごく昆虫にすぎなかった。彼らは仏壇にお燈明をささげ、暗い小屋のなかで家畜のように眠る。野ネズミやナマズを食べ、森がはためきはじめると銃を投げてしゃがみこむ。体に穴をあけられると、ひとことも呻めかず、まじまじと眼をみはって、びっくりした子供のような顔つきで死んでゆく。あるいは〝蒸発〟してベトコン側に投降し、あるいは村を歩きまわって屋根裏にかくれる。ベトコン側にいった兵士は一カ月もたたないうちに豪勇無双のゲリラ戦士として再登場し、かつての仲間を信念によってうち殺す。

しばしばベトコンはメガフォンで呼びかけるのだそうだ。何度かその話を聞いた。抗日戦当時の八路軍が『中国人不倒中国人』と呼びかけたように彼らは呼びかけるのである。〝ベトナム人はベトナム人を殺さない。諸君には何の罪もない。こちらの目標はアメリカ人だけだ。諸君は銃を捨ててふるさとの村へ帰りたまえ〟。死ぬか、かたわになるよりほか自由になることのできない農民兵士にはこの叫びは唯一の救いとしてひびきわたるであろう。〝蒸発〟するものや脱走するものの数が日を追うにしたがってふえるいっぽうである。しかし、これはベトコンの原則ではあるが、日常ではない。状況次第でどうにでも変化する原則なのだ。ベトコン兵士を慈悲深い、敵味方の区別ない普遍的ヒューマニストだと考えてもらっては困る。彼らは〝戦争〟をしているのだ。あるジャングルでそう呼びかけても、べつのジャングルでは彼らは三〇〇人、四〇〇人の貧しく悲しい奴らを、仲間を、その場で殺してしまう。そうしなければ殺されるからである。一歩まちがえば彼らも貧しく悲しい奴らの銃で三〇〇人、四〇〇人、殺されてしまうのだ。そして、そういうことは、毎日いたるところで起っていることなのだ。たとえばバーチェットの記録を読むと、まるでベトコンがピクニックにでかけるみたいに戦争にでかけてやすやすと勝ちに勝ちまくっているような印象を本質として感じさせられるのであるが、私はこんな楽天主義にとてもついていけない。ベトコンが広大な農村を芯の部分でつかんでいるらしいことは私もしばしば感じさせられた。しかし、その努力は、無残惨烈な屍山血河(しざんけつが)によって達せられたものである。ベトナム人がベトナム人を殺し、ある場合などは政府軍の息子がベトコンの父親を射殺するというような、血みどろめちゃくちゃの乱戦によって達せられたものなのである。

戦争は階段を一つ上った、どこへ行くかアメリカ

ベトコンが公式的な要求として綱領や宣言や総括のなかでうちだしていたことは、ベトナム国内からの外国勢力の撤退、貧農の解放、いかなる外国のヒモもつかない連合政権の樹立であった。つまり、〝ベトナム人による、ベトナム人のための、ベトナム人の政府〟が主たる目標であって、〝コミュニズム〟が内容する〝一党独裁〟や〝国家計画経済〟などは影すらもなかった。国土と人口の八〇パーセントが農村であるこの国で真に何らかの根本的改革を計ろうとするものは農村を解放し、農民を把握するよりほかに道はない。ヴォイティコ曹長のつぶやくように、この国の農民はおそろしく貧しい。子供はたくさん生れるが成人に達するまえに非衛生的な状態のために

反乱軍の占拠した海軍司令部上空を飛ぶ空軍の戦闘爆撃機（サイゴン）

死んでゆく。だから出産率はすごいものであるのに北海道を二つあわせたくらいの面積にしかすぎぬこの小さな国が人口超過にならず、ジャングルはいつまでもジャングルとしてのこっていくのである。ベトコンはこのパンツ一枚にはだしという農民に農地の解放や、小作料の切下げなどを約束した。〝四好主義〟の教義によって彼らは農民といっしょに食べ、いっしょに暮し、いっしょに働き、いっしょに眠る。政府軍は一週間か二週間に一度パトロールして、何時間か小休止してゆくだけである。私の参加した作戦では正午から夜の十時まで滞在し、お茶を飲んで、昼寝して去った。

ベトコンのなかにはコミュニストのほかに民族主義者や自由主義者左派など、さまざまなグループが入っている。農民のほかに学生、知識人、ある場合には仏僧も入っているらしい様子である。コミュニストは私の聞いたところでは最低で一パーセントか二パーセント、最高で三〇パーセントという数字であった。〝コン〟〝コン〟〝コン〟とさわがれているわりにしてはたいへん少ない数字といってよい。これらの数字はサイゴンの反共主義者、反ベトコン主義者の人びとの口から得たものである。コミュニスト以外の多種多様の人びとをジャングルの地下道に追いやったのはゴー・ジン・ジエムの全面的、中世的な独裁政治であった。ゴーは〝反共〟の名目でアメリカからドルをひきだすことに成功し、戦略村をつくり、やがて部下の政府軍の叛乱によって射殺されることとなった。アメリカは買う札をまちがったのだ。彼らはアジアを理解できず、ゴーの暴走をとどめることができず、ゴー打倒については自分も賛成するよりほかない立場に追いこまれたのである。そしてそれ以後も陰謀好きで蓄財術に長けた将軍や政治家連中、千年の中国と八十年のフランスの征服期間中にありとあらゆる詐偽の技巧をおぼえこんだ連中にだまされつづけつつアメリカは彼らを〝反共〟の〝自由〟の闘士として買いつづけて今日にいたったのである。食べるもののない農民に〝自由〟とはいったい何のことなのか、理解のしようがない。アメリカ市民の血税はどんどん流れこんだが、サイゴンから村へ豚や米や肥料がとどく途中でどんどん抜かれた。あるダナンの坊さんの表現によれば、この国にはネズミが多すぎるのである。そしてアメリカ市民の血税はサイゴン経由で本国の石油会社や武器会社に払いもどされていった。ベン・キャット砦の兵卒や将校の持っている、迫撃砲をも含めた火器類は大半が第二次大戦用に製造された年式の刻印を持っていた。ロケット弾や武装ヘリコプターやジェット機などは最新式である。漠然と私はアメリカの武器商人が古くなった武器の倉庫の戸をサイゴンに向けて全開しているのだという印象をうけた。人殺しが起ったらまず女、それから誰がトクをするかを考えろという東京の推理小説ブームに影響されすぎたのであろうか？……

アメリカ将兵は基地においてもジャングルにおいても、私が書いたような意見を持って暮している。彼らが例外的なアメリカ人なのか一般的なアメリカ人なのか、私は

メコン・デルタの水田地帯

知らない。けれど、もしベトナムを舞台にして、最前線のアメリカ人を主人公にして私が小説を書こうとすると、題は、〝気の毒なアメリカ人〟ということになるだろう。アジアを理解できないワシントンと、それをつきあげる将軍連中の作戦計画、砦やジャングルで〝イエス・サー！〟といって死んでゆくアメリカ兵、このあいだには透明で深い溝があると私は思う。〝エクストラヴァガンツァ〟をつづければつづけるほど、アメリカは、ベトコンの死体確認もろくにできず、効果もよくわからないのに、農民をベトコンに走らせる。さらにそれが徹底すると、ベトコンのなかのコミュニスト以外の人びとをもコミュニストにしてしまうこととなる。彼らは空からたたきこまれる鉄と火薬にたまりかねて北ベトナムに公然かつ全面的な依存をせざるを得なくなるであろう。同時に、たとえばサイゴンにいる、たくさんの反共親米主義者をも、やがては最側近の親米主義者をも、反米・民族主義にかりたててしまうこととなるであろう。現在、もっとも統一力があって、強くて深くて広い、反共・平和勢力は仏教徒であるが、やがてアメリカはこの人びとをも反米・民族主義者にしてしまうであろう。つまり、将棋倒しである。私の見聞したところでは、これらのことはすでにはじまっている。全土にわたって地下水があちらこちらで噴出しはじめた気配がある。ベトナムの藁山には、ベン・ハイ河からカマウ岬まで、いたるところで、火が燃えはじめた。くたびれきった、もつれきった、複雑きわまる、ベトナム人自身がよくわからないと告白するベトナム人の心のなかの、唯一でもっとも発火力のつよい燃料はゼノフォビア（外国人ぎらい）である。この火の爆発力をもっともよく察知し、把握したのがベトコンである。それはベトコンの血みどろの努力を待つまでもなく、アメリカ自身が日ごと夜ごと拡大し、深化しつつあるものだ。

中国大陸におけるかつての日本の活動とまったくおなじことをアメリカは前線将兵の感嘆すべき忍耐や善意と無関係に続行しているように私には見える。ワシントンは負けることをきらって夢中になっている。かつて日本も負けることをきらい、無数の言葉を編みだしたあげく、敗北してしまった。敗北してようやく全国民は戦争の惨禍を〝理想〟の膜をやぶって知ることができた。アメリカは負けるが勝ちという知恵を身につけるには若すぎるのであろうか。負けたことがなく、異民族に踏みにじられたことがなく、戦争があるたびに豊かになった、何一つとして戦争を知らないアメリカは、誇りと偏見のために、ベトナム農民が建国当時のアメリカ人と同根の情熱にかりたてられてアメリカに叛逆しているのだというところまで洞察できないのであろうか？……

何人ものサイゴンの知識人は私にいうのである。ド・ゴールの中立化提案はベトナムを五四年のジュネーヴ協定以前の状態にもどして影響力と権益を回復しようという底意があるのではないかと想像して、警戒します。イギリスも和平交渉の仲介者としてうごきだしていますが、彼らは火のついたマレーを抱えているので隣国のベトナムに平和をつくるについては自分に有利な方向に事を運ぼうとするのではないかと思うのです。つまり彼らの片手はよごれているというわけです。誰も資格がないようですから私たちは日本に期待するのですが、どうでしょうか。日本の政治家はどんな人たちでしょうか。

ある日、ベトコンのなかの民族主義者グループによって起草されたと思われる文書のなかにも、私は、和平交渉に関するさまざまな構想と希望の結びの文章が、カッコ入りではあるけれど、『恐ラク日本人ガコレラノコトニツイテ何事カヲ示唆シ得ルデアロウ』という言葉になっているのを発見したこともあった。

アメリカの北ベトナム爆撃は私の印象によれば地雷の上に乗っかって金槌で信管をたたいているのだということであった。この狂気はあの国の戦争の階段を一つのぼらせた。この空爆はアメリカ人のパイロットたちのみによっておこなわれたのである。公然たる開戦であり、正面衝突である。ホー・チ・ミンの術策に長けた忍耐はいつまでつづくのであろう。ベトナムを触媒にした北京とモスコーの融合反応はいつ起るのだろう。世界大戦は果して起らないと誰がいいきれるか？

そして、日本の政治家たちは、〝ナンバー・ワン〟なのか、〝ナンバー・テン〟なのか？　私たちも〝チョーヨーイ〟とつぶやいて眠っているのでありはしまいか？……

あとがき

今度の旅行は私としては七回目の外国旅行だが、この百日間ほどはげしい感情の振動を味わったのははじめてである。人間がつくづくイヤになって吐気をもよおすこともあり、いじらしさにうたれて涙のにじむこともあった。

『週刊朝日』に連載したものを箱根に一週間こもって書きなおしたのがこの本だが、夜寝ていてベトコンにマシン・ガンを頭にうちこまれる夢を何度か見た。汗ぐっしょりになって眼をさまし、となりに秋元君が寝ていないのを見て、おや、ベトナム国寺へいったのかな、ヤング少佐に会いにいったのかなと考える。ああ、ここは日本なんだと納得するまでにしばらくかかった。

この世には書かれ得ず、語られ得ずして消えてゆく物語がいかに多いかということを自分についてつくづく私はさとらされた。サイゴンでも箱根でも、私は気が滅入ってならなかった。ああ、こうじゃない、こうじゃない、これはまっ赤なニセモノだと思って、どうにもペンがうごかなくなるのである。

いちいち名前をださなかったけれど、秋元啓一君は全頁に登場しているのである。彼と私は朝から晩まで毎日いっしょにうごきまわった。彼はじつによく走り、よく眺め、沈着、大胆をきわめた。弾丸がしぶくなかでも平然としてシャッターをおしつづけている彼を倒木のかげからチラと眺めて、一瞬私は舌を巻いた。私は顔で土を掘りながらアリを見たが、彼は人間を見つづけていたのである。サイゴンには無数の外国通信社のカメラ・マンがいるが、弾丸のしぶきのさなかでシャッターをおす人は、そうはいない。世界有数の写真家だといってよいと私は思う。

とにかく私たちは見てきた。

結論は読者におまかせします。

一九六五・三・七　箱根にて

開高　健

解説

限りなく〝事実〟を求めて

日野啓三

この本は一九六四年末から六五年初頭にかけて、開高健がサイゴン（現ホーチミン市）から『週刊朝日』に毎週送稿したルポルタージュを、帰国した開高自身が大急ぎでまとめて緊急出版したものである。

フリーカメラマンの岡村昭彦が岩波新書の一冊として出した『南ヴェトナム戦争従軍記』とともに、ベトナム戦争の現場で日本人が書いた最初の記念すべき書物であり、日本国内でベトナム戦争への関心を一挙にかきたてた歴史的な書物でもある。

この本の中には、私も読売新聞の特派員および文芸評論家として数か所登場しているが、開高健とほぼ同じ一九六四年十一月に、私が東京からサイゴンに向かうとき、新聞社の外報部記者だった私でさえ、東南アジアの小さな国でゲリラ的内戦が激しくなりかけているらしい、という程度の認識しかなかったのである。勉強して行こうにも資料さえなかった。

それが私たちの到着と時節を合わせたように、内戦は一時に激化し、アメリカの支援するサイゴン政権はがたがたになって、翌六五年二月の旧正月まで、サイゴンが落ちるかどうかの賭けが華商たちの間で行われている、といわれるようになった。

アメリカもそれまでの、政府軍に同行する軍事顧問のシステムから、直接、米軍戦闘部隊を送りこむようになり、空母艦載機による北ベトナム爆撃も、六五年早々から始まった。

つまり東南アジアの一部での内戦から、国際的な戦争に拡大したのだが、この劇的な転換の時期に、開高も私たち新聞の特派員も、岡村や石川文洋らのフリーのカメラマンも、「ベトナム戦争とはいったい何なのか」という巨大な謎に、体ごと手さぐりでぶつかり、昼はサイゴン各所を、郊外を駆けまわり、また短期の前線従軍をして、夜は一緒に飯を食いながら、また互いの宿舎を訪ねあって、夜更けまで情報を交換して議論を続けたのだった。

新聞社の違いなどということも、自分たちの面前でみるみる膨れ上がって巨大化した「ベトナム戦争」という謎を見きわめたいとする私たちの情報にとっては小さなことだった。

そう、私たちも若かったのだ。一九三〇年十二月生まれの開高は三十三歳から三十四歳にかけて。私は三十五歳だった。作家と批評家という関係で開高とは旧知の間柄だったが、何年ぶりかでサイゴンで出会った開高はすでに貫禄ある体つきになっていたものの、十分に元気で、あの幾らか猫背気味の長身で、仏教センターの赤土の構内を、炎熱と人いきれの中央広場を、のしのしと歩きまわっては、絶えずジョークをとばして私たちを笑わせ、自分も目を細めてくくっと笑った。

彼はよく笑った。それは精神的にとてもつらかったからである。この戦争はサイゴン政府とアメリカ政府が言うように、「国際共産主義勢力に支援されたハノイ共産政権の侵略戦争」なのか、サイゴン傀儡（かいらい）の圧政と腐敗に抗して起ち上がった南ベトナム知識人と民衆の反政府ゲリラ戦なのか——という根本の姿が確かに見届けられないだけでなく、日毎夜毎に実際に兵士も民衆も殺され傷つき、農民は村を焼かれ、サイゴン市内のテロで子供たちの腕が吹きとび、貧しい戦争未亡人たちは身を売る以外に生きる術のない事実を、否応なく見続けねばならなかったからである。

私たちの世代は空襲や飢えや引揚げなどの戦争体験はあるが、戦場体験はない。一九六四年は東京オリンピックの年である。高度成長中の東京からいきなり、全土全市が最前線ともいえるゲリラ戦争の戦場に来たのだった。

戦場はもちろん血まみれのテロ現場も公開銃殺も、私たちの神経を震え上がらせ、戦後ヒューマニズム的感性を戦慄させた。これが政治の、歴史の、世界の裸形なのか、と連日、私たちの魂はうめき続けた。

この開高のルポルタージュは、そういう背景と状況の下で、書き続けられたものである。すでに敵と味方、どちらが正義でどちらが悪かという大前提なしの、その前提そのものを問い続けながら、眼前の苛烈な事実と相対する、という精神の作業なのだ。

大状況の構図が明確に見えない場合、〝事実〟というものは、どうしようもなくあいまいであり、どんな顔でも見せる。ルポルタージュあるいは報道記事というものは、事実を客観的に伝えることである、というような安定した大状況下での定義は成り立ち難い。

何が事実なのか、ということそのものを追いかけ考え続けねばならない。政府声明や米軍の戦況発表が事実ではない。ベトナム人の助手が場末で聞きこんでくるうわさの方が事実だったりする。少なくとも、自分の足で歩き、自分の目で見、自分の耳で聞いてまわらねばならない――事実を求めて、だ。

隠された秘密を追い求める、のでは必ずしもない。日々に起こる諸現象の中から、事実らしきものを見ぬいてゆくのである。全感覚を全開してだ。しゃべっていることと反対の表情をする人たちの顔を読まねばならない。声の調子から類推しなければならない。目と耳だけでなく嗅覚も触覚も。

この開高のルポルタージュが、いわゆるルポルタージュの即物的明確さと調子が違うことを読みながら感じとったとすれば、あなたはこの本をよく理解したことになる。だが開高は小説家だから文学的なのね、としたり顔で呟くなら、あなたは全然何もわかっていない。

開高は語彙(ごい)が豊富だ。卓越した修辞家だ。だが小説家だから故意に文学的に書いたのではないことを、私は幾度でも強調したい。明確な構図のない大状況の混沌(カオス)の中で、事実らしきものを追い、最小の筋道でも読みとり浮かびあがらせたい、とする報道者としての誠実さが、言葉の、文章の全性能を不可避的に呼び出すのである。

私自身はサイゴンで小説を書こうと思ったのだが、それはサイゴンのカオス的現実を捉えようともがくうちに、それまでの新聞記者的、評論家的文章が自分の中でボロボロに崩れ、一種の失語症的状態になり、夜毎、公開銃殺のあった一画を眺めながらサイゴン中央広場のベンチに茫々と坐りこんでいるうちに、あるときふっと自分では意識しない一連の言葉が、砲声のひびき続ける外の闇からか、自分の内部の茫々たる闇からか、ひとりでに浮かび出して勝手にうごめき出すのを体験したからである。いわば無意識の言葉、文学的文章の発生である。

この時期のベトナムが、つまり人間と歴史と世界のむき出しの裸形が、私をそうさせた。開高はすでに当時立派な小説家だったけれど、彼もベトナムで、言葉とは何か、ということを改めて体験したはずである。彼は「巨大で微細」というように漢語の反対語を並記する文体を早くから持っていた。そのような表現の仕方が決して修辞(レトリック)ではなく、世界そのものの論理(ロジック)であることを、しかと意識化したはずである。

この本のあと、彼はほぼ同じ時期のサイゴンを題材にして『輝ける闇』という長篇小説を書く。その小説はルポルタージュ的である。そしてこのルポルタージュは文学的である。このことは一見逆説的のようだが、このルポルタージュで彼はカオス的現実に肉迫しようとしたのであり、『輝ける闇』では骨格と手ごたえのある小説世界を構築しようとしたのだ、と私は理解している。

私が持っているこの本の初版本は、一足先に帰国した開高がサイゴンまで送ってくれたものである。「無事ダケヲ祈ッテイルゾ」と扉にペンで書いてくれてある。その本を、彼が亡くなる少し前、久し振りに取り出して読んで、二十四年たっても少しも古くなっていないことに驚いた。

事実そのものは、後になって多くのことが判明し、とりわけチュオン・ニュ・タン著『ベトコン・メモワール』(原書房)というような、南ベトナム解放戦線の指導者のひとりで、一九七五年の「解放」後、国外に脱出した人物の回想記によると、当時私たちに不可解だったいろんな事態の謎が暴露されているのだけれども、だがこの開高の本のリアリティーと魅力は少しも古びていないどころか、私自身は当時よりもかえって生き生きと陰影深く情感こまやかに読めたのである。

というのも、普通ルポルタージュの魅力はそこに書かれた事実にあると考えられているけれども、実は事実そのものより事実を捉えようとする筆者の精神の息づかいの方にこそ、リアリティーがあるということだろう。そしてまた、いまやわれわれはいよいよ複雑化し多様化し流動化する世界の中で、〝事実そのもの〟というものへの素朴な信頼を失い始めているからでもあろう。

いやもともと観測者あるいは筆者の存在を離れた〝客観的事実〟というものは実在しないことを、われわれは虚心に理解し始めている。実在するのは、すなわちリアルなのは、できる限りのナマの事実と筋道に迫ろうとするわれわれ自身の気魄と姿勢であるだろう。そしてそのための技術的努力、文章であれば言葉とのぎりぎりの格闘の軌跡だ。

この書を、いまも、これからも生かし続けるのは、開高健の気魄と柔軟で豊かな文章に他なるまい。

内容の次元でひとつ注目していただきたいことは、アメリカの介入によって、本来南ベトナム内部の内戦であったはずの戦いが、北ベトナムの公然たる介入を招き、結果的には共産勢力対アメリカという形に拡大変質するだろう、ということを、一九六五年の時点で開高は予感していたことだ。実際その後十年間のベトナム戦争はその予感通りに進んだのだが、それというのも、開高が預言的能力をもっていたというようなことではなく、現在の事態つまり現実に虚心にひたむきに迫ろうとすれば、現在の中には未来の影が孕まれていることも見えてくる、ということである。

「無事ダケヲ祈ッテイルゾ」と書いてくれた開高が、半年前に亡くなった。だがこの本を開いて読み始めると、開高の猫背の長身が、悪戯っぽい笑い方が、行間から生き生きと見える。またこの本の終わりの方に書かれている従軍から九死に一生を得てサイゴンに戻ってきた朝の、緊張しきった顔も。そして夜にはまた普段の開高に戻って、よく食いよく笑った逞しい気力も。逞しいだけでなく彼は優しい心情のひとだった。私がこの本の中でとても好きな箇所のひとつ——。

全滅に近いまでやられて月夜の道を逃げてゆく途中で、政府軍の「中学生のように小さい」ベトナム人将校が、開高のそばを歩きながら「I am very sorry」と謝る。「どうしたんです?」と開高が尋ね返すと、将校はぽつりとひとこと「My country is war」と呟く。

月が地上を照らし続ける限り、人間が歴史の中を歩き続ける限り、永遠に月光が浮かび出し続けるに違いない、言い難い場面だ。ささやかで、いじらしく、そして限りなく深い……。

（ひの　けいぞう／小説家）

手記
ジャングル戦の恐怖

秋元啓一

三カ月余にわたるベトナムの取材で、いちばん強烈にぼくの目と心を襲ったのは、やはり、なんといっても、命からがら逃げた、ジャングルでの従軍の体験だった。ベトナム政府軍の作戦に参加することは、ぼくとしてはベトナム取材の卒業論文のつもりであった。ベトコンに包囲されたのは戦略地図のDゾーン。最も危険なところだと聞かされていたので、相当な危険は予測していたが、はじめは、まさかあれほどの危険にさらされるとは夢にも思わなかった。

それまでの取材活動で抜けていたのは作戦に参加することだけであった。作戦に参加しなければ日本に帰れないとも思っていた。カメラマンとしてあとできっと苦しむにちがいないとも思った。開高氏も同じ気持だったと思う。

ベンキャットへ再び向うため、サイゴンをあとにしたのは、帰国予定の十日前、二月六日のことであった。ベンキャットへは、駐屯部隊の取材をするため、一月に一度訪問していた。そのときも作戦に参加するつもりであったが、作戦がなかったため二泊三日でサイゴンへ帰っている。

なぜ、二度もベンキャットを訪れたのか。その理由は、戦争を取材するのならどこへ行ってもベトナムでは同じだとさとり、それなら顔なじみのアメリカ軍事顧問団のヤング少佐たちのいるベンキャットへ行こうということになったのである。

ベンキャットへ着いて四日目に、一個大隊のハイウェイ・パトロールについていった。CゾーンとDゾーンを分けている13国道である。このパトロールは、政府軍の補給部隊をベトコンの攻撃から守るためのものだ。ぼくたちは、鉄カブトをかぶってはいたが、いかにものんびりしたムードで行軍に参加した。

ところが、われわれの部隊から数キロはなれた地点で政府軍のトラックがベトコンの攻撃を受け、にわかに緊張感がただよう。日帰りの予定だったのが、ベンキャットの出先駐屯地である二十四高地で一泊することになってしまった。

兵役は無期限

ここには約百人のベトナム兵とその家族がいる。二畳敷ぐらいのせまいザンゴウの中でカにさされながらベトナム兵とその女房と子供たちが生活していた。生まれたばかりの赤ん坊もいた。

ベトナムの子供は、人なつっこくて、日本人に似ていて、すごくかわいい。ぼくはおどろきの目をみはりながら子供たちの写真をとった。しかし、子供たちが、人なつっこくて、かわいいほど、ぼくはベトナム人にあわれさを感じた。ベトナム兵には兵役の期限がない。死だけが期限なのである。子供たちはといえば、帰ってくるのかこないのかわからない父を、毎日ザンゴウの中で待っていなければならないのだ。

ぼくたちは二十四高地からベンキャットに帰り、再び大作戦が展開されるのを待った。いたずらに待った。

サイゴンを出てから九日目の二月十四日、ついに大作戦がはじまった。政府軍は三大隊一連隊の五百人。相手のベトコンも五百人の精鋭部隊だという。朝五時に百五ミリ三門の大砲と十台の重装甲車とともに政府軍は出発した。開高氏の表現を借りれば、ベンセイシュククシュクと政府軍は行軍した。

ベンキャットはサイゴンの北北西五十二キロ、そこからさらに北へ十七キロの地点からジャングルに突入した。

十一時半ごろベトナム兵からドンブリ茶わんぐらいのでっかいニギリめしとトリ肉の煮たのをひとかけらもらって腹ごしらえをした。

ひるごろ、ベトコンの補給地点がみつかった。木の枝を切って作った小屋だ。その中に手りゅう弾や、機関銃や、米などがあった。アメリカ兵もベトナムの隊長も、ベトナム兵もみんな大よろこびしていた。

その五分後のことであった。ぼくがサクによじのぼって、喜喜として上からベトコンの残した武器の写真をとっていたときである。突然、ドン、ドン、ドンとベトコンの攻撃がはじまった。「しめたッ」とぼくは思った。そのときは「これで卒業論文が書けそうだゾ」と思ったのだ。そのうちにドン、ドン、ドンがピシャッ、ピシャッ、ピシャッという至近弾の音に変った。三人のアメリカ兵とベトナム兵が銃を構える。

ぼくはタマのとんでくる方向に鉄カブトを置いて体を防御し、仰向けに寝ころがって銃を構えているアメリカ兵とベトナム兵の写真をとった。恐怖感はまったくなかった。そのときは、まだぼくの頭の中には卒業論文のことしかなかった。

そのうちに、右から左から、いろんな方角からタマがとんでくるようになった。数メートル先から負傷兵がどんどん帰ってきはじめた。とても鉄カブト一つで体を守れるものではない。ぼくは、高さ一メートルくらいあるアリ塚のカゲにとびこんだ。右からタマがとんでくればアリ塚を左へ回って逃げる。左からくれば右といった具合に、アリ塚のまわりをぐるぐるとはい回った。

貫通銃創を受けたベトナム兵が戻ってくるのが目にうつる。カメラマンとしては、ベトナム兵の動きや表情をカメラにとらえるほかに、負傷兵の表情もとらえねばならない。はうようにして負傷兵のそばに近寄り、写真をとる。ピシャッ、ピシャッ、ピシャッがしばらく続くと、二、三分小休止がある。その間に負傷兵のそばへ移動するのである。

完全包囲の中

夢中でシャッターを押しているときは、ぼくは、百数十人のベトナム兵がぼくたちを守ってくれていると信じこんでいた。タマに当れば仕方がないという気持でまったく大胆に取材していた。どうしても撮影するんだという意識が強かった。あとで考えるとムチャだと思えるくらいにとりまくった。

ぼくはファインダーを通して戦況を見ているので、開高氏ほどの恐怖感が生まれなかったのかもしれない。へたっと坐りこんで放心状態のベトナム兵がいた。この兵士の写真はどうしてもとりたいと思ったけれど、どうしてもとれないのである。その腰を抜かしたベトナム兵がぼくに話しかけてくるのだ。もちろんベトナム語でだ。「キジャ、ニッポン、わからん」と手を横に振っても、それでもこの兵士はぼくに話しかけてくる。何かしゃべっていないと、その兵士はきっと不安で不安で仕方がなかったのだと思う。いざシャッターを押そうと思うとピシャッ、ピシャッで伏せる。というわけでついに写真をとりそこなった。このほかにも、とり損なってあとから「しまった」と思ったシーンはずいぶんあった。

ベトコンの攻撃を受けてから一時間ぐらいたったころ、ぼくたちは完全にベトコンに包囲されているとわかったのだが、ベトナム軍の隊長、グエン・パン・トウ中佐の指揮で敗走しているときのことである。
　ふとモモに貫通銃創を受けてパンツ一枚で逃げていくベトナム兵がいた。これはぜひとらなければいけないと思ったが、どうしてもとれない。写真をとるためには、レンズのドロをぬぐって、頭をもちあげなければならない。しかし、なさけない話だがとてもそんな余裕などなかった。はっているのがせいいっぱい。ピシャッ、ピシャッの合い間に中腰で逃げてまた伏せる。カラーフイルムの入った望遠と広角と、白黒フイルムの入った望遠と広角の四台のカメラとカバンを肩にぶらさげながら、ヨタヨタと中腰で逃げては、ひたすらに伏せるのであった。

もうダメだ
　ぼくは、このとき、この写真はとれなくても許してもらえるだろうと思った。別のチャンスを待とうではないかと考えた。
　敗走を続けてようやく逃げおおせたと思ったとき、先頭の兵隊がくずれるように引き返してきた。五メートル先にベトコンがいるという。このときが恐怖の頂点だった。もうダメだと思った。隊長、アメリカ兵三人、開高氏を入れて全部で十七人確認できた。開高氏と写真をとり合った。とり合ったというより疲れはてた開高氏を見たとき、職業意識がめざめてシャッターをきったのだった。そして、ぼくもとってくれませんか、とカメラを開高氏に渡した。そして静かに援軍を待った。アメリカのボイテイコ曹長が「情況は非常に悪い。助からない」といった。

　そのうちに他の大隊との連絡がうまくついて、午後六時に合流することができた。「これでやっと助かった」とぼくは思った。再び負傷兵の写真をとりながら、朝早く行軍した道をベンキャットへと歩いていた。しかし、神は、まだぼくの試練が足りないとでも思ったのであろうか。アシのしげった湿地帯でまたまたベトコンの攻撃を受けたのであった。七時半だった。

　きれいな夕やけが消えて、あたりは夜がせまりつつあった。もう写真はとれないとあきらめて、伏せたり、はったりしながら、敗走することにつとめた。開高氏を見失ったのはこのときである。開高氏はカバンを捨てて、まっ先にとんで行ったのだ。ぼくは開高氏のカバンを拾って「カバン、カバン」と呼ぶ。逃げながら、アメリカ兵が「ミスター・カイコウ」と呼ぶ。ぼくは「開高さん、返事してくれ、みんな心配してんだ」と大声で呼ぶ。するとベトナム兵が、シッ、シッとぼくの大声を制する。ベトコンに見つかるじゃないかというわけだ。いくら探しても開高氏の姿は見当らない。これだけ呼んでも返事がないのは、ケガをして声を出せないのではないか、ことによるとベトコンに捕えられたのではないか、いろいろ考えた。

一時間探しても開高氏は見つからなかった。アメリカの軍事顧問団に頼んで、翌日、開高氏を探すためにもう一度作戦をやってもらおう。東京への連絡も頼まなければいけない、などと考えながら、ぼくは歩いていた。

満月を撮る

それから約一時間たって無線が、開高氏の無事だったことを伝えてきた。とにかく嬉しかった。戦略村へたどりつくと開高氏が待っていた。抱きあって喜んだ。彼は別のベトナム軍部隊にまぎれこんでいたのだった。

ブタ小屋の横にゴザを敷き、ぼくたちは地べたに寝た。ひょっと上を見るとヤシの葉かげから満月が見えた。今夜、またベトコンに攻撃されるかもしれない。しかし、多分助かるだろうなどと考えながら、きれいな月を写真にとった。寝苦しかったが、その夜は二時間ほど眠った。作戦は翌朝になって終った。

僕がベトナムを去る時、実をいって、まだ心残りがあった。一応「卒業論文」は書けたようなものだが、何か取材不足を感じる。

いつもの悪いくせだ。一番気になったことは、僕がサイゴンに着いた時、APの支局で見た二枚の写真のことだ。その写真は、ともにナパーム弾で焼け死んだ農民の子供を父親が抱き、政府軍に抗議している写真だった。それがまた頭にこびりついていた。

　この農民の姿に胸をうたれたのだ。

　しかし、そのようなチャンスを見付けるために、いかに戦争がどこでも行われているとはいえ、あと数週間、或いは、数カ月をきっと待たなければならないだろう。戦争と写真、何か苛烈な切迫感がまた胸をしめつけてくるのだ。

（初出『アサヒグラフ』一九六五年三月十日　増刊号）

秋元啓一氏

1965年２月16日、サ・マック作戦からサイゴンへ帰還した直後の開高健氏の肉声をお聞きいただけます（東京の『週刊朝日』編集部との国際電話）。

ベトナム戦記（せんき） 新装版（しんそうばん）

朝日文庫

2021年11月30日　第１刷発行

著　者　開高（かいこう）　健（たけし）

発行者　三宮博信
発行所　朝日新聞出版
〒104-8011　東京都中央区築地5-3-2
電話　03-5541-8832（編集）
　　　03-5540-7793（販売）
印刷製本　大日本印刷株式会社

Published in Japan by Asahi Shimbun Publications Inc.

ISBN978-4-02-262056-9